能才女は悪女になりたい

の身代わりで嫁いだ令嬢、公爵様の溺愛に気づかない～

3

一分咲
Saki Ichibu

ill.藤村ゆかこ
Yukaco Fujimura

contents

プロローグ

エイヴリルが暮らすブランヴィル王国は領土が広く、豊かな自然に恵まれた国だ。

王都ベイズリーを中心として東西南北に走る長距離鉄道は国力を示し、その周辺を中心として都市圏が形成され栄えている。

ランチェスター公爵家の領地は国の中でも南の辺境にあった。

肥沃な大地と比較的温暖な気候に育まれたこの地域は、意外なことにビジネスの起点としても有名である。

中心となるマートルの街には港があり、航路を通じて異国との交易が盛んなほか、鉄道を使えば王都へのアクセスにも優れている。

そういった恩恵を受け、ブランヴィル王国の中でも特に領民が豊かに暮らしている場所だ。

けれど、少し前までのランチェスター公爵家は特に悪評高い家として知られていた。

歴史ある名門として名誉や信頼を回復しつつあるのは、代替わりをして若き跡継ぎ——ディラン・ランチェスターが公爵位についたからである。

義妹コリンナの失敗が原因で、エイヴリルが身代わりで嫁がされることになった日から一年と少し。

いろいろな勘違いやすれ違いはあったものの、無事に『悪女のふりをしなくても追い出されることはない』『どうやら自分はディランに愛されているらしい』と気がついたエイヴリルは、現在ディランとともにランチェスター公爵領に滞在中だ。

きっかけは、王太子ローレンスからの依頼を受けたこと。

ローレンスの頼みで出席した仮面舞踏会が麻薬売買と繫《つな》がっていて、しかもランチェスター公爵家絡みだったことで発生した調査依頼だったのだが、それが発展して今のところとんでもなく面倒な事態になっていた。

本当はランチェスター公爵家と麻薬売買の関わりをサクッと否定して、前公爵が作り上げた愛人たちが暮らす別棟を解体し、王都に戻る予定だった。

けれどそうはいかず、エイヴリルたちの領地滞在は長引いている。

おかげで、ここでの暮らしにもすっかり慣れて楽しくなってしまった。

今日も、ディランとともにダイニングで朝食をとるエイヴリルは上機嫌である。

「ディラン様、今日のオムレツにはチーズが入っています！　しかもしっかり焼かれたあと冷まされていて、食感が面白くてとてもおいしいです。領地の本邸を預かるシェフの方のお気遣いと腕が最高ですね」

「なるほど。俺のも明日はそうしてもらおうかな」

「うーん、普通の味覚をお持ちのディラン様にはどうでしょうか。もしよろしければ一口差し上げましょうか？　今切り分けますね！　少しお待ちください」

このダイニングには今のところグレイスしかいない。完全にリラックスしていたエイヴリルがディランに提案すると、ディランは少し頬を赤くして笑った。

「この前の、男性を椅子にする悪女の延長を？」

「……？」

「悪女なら、俺を手玉に取ってお茶菓子や食事を食べさせてくれるのか」

そこまで言われてハッとする。

（あっ、そうでした！）

そういえば、先日の自分はディランの父である前公爵を牽制《けんせい》するため、ディランを椅子にしてお菓子を食べさせたのだった。

こうして回想していても、あの日はちょっと意味がわからない奇行に走ってしまった自覚はある。そんなつもりは全くなかったのに、うっかり同じようなシーンを再現しそうになっていたことに気がついて恥ずかしくなる。

（私はついつい素でディラン様にはしたないことを）

「申し訳ございません」

「エイヴリルに手玉に取られるのは悪い気はしないけどな」

あわてて謝ると、ディランは微笑《ほほえ》んでくれた。

ちなみに、あの場に居合わせたグレイスも二人の会話を微妙な顔で見守ってくれている。

これでは、ただの仲睦《なかむつ》まじい新婚夫婦だった。

（いえ、仲良しの新婚夫婦ということで一応間違ってはいないのですけれど……！）

契約結婚の期間が終わってから二ヶ月ほど。

婚姻届は挙式のタイミングで提出することになっていたため、エイヴリルとディランは一緒に暮らしてはいるものの寝室は別だし、一般的に想像する『公爵夫妻』の姿からは距離がある。

（結婚式のことは想像がつくのですが……最初が悪女としてのスタートだったせいか、どう振る舞ったらいいのかわからない場面も増えそうです）

そんなざっくりとした感想で思考を閉じたエイヴリルは、目の前のオムレツに意識を戻した。

ところで、麻薬売買の仲介をしているのではと怪しまれていた愛妾《あいしょう》の一人、テレーザが追い詰められて二階の窓から飛び降り脱走した日からまもなく一週間になる。

捜索は続いているが、彼女はまだ見つかっていない。

第一章◆悪女とウエディングドレス

数日前から大嵐が続いているにもかかわらず、その日のランチェスター公爵邸には二人の高貴な客がやってきていた。

王太子のローレンスとその婚約者アレクサンドラである。

麻薬騒動のあれこれに伴いわざわざ王都からやってきた二人だが、外で見せる姿とは正反対にここではびっくりするほどくつろぎ、軽口を叩《たた》いている。

「ディラン、お前のクソ親父《おやじ》の女の趣味はどうなってるんだ？　窓から飛び降りて干し草をクッションに着地し、そのまま俊足を披露し誰にも捕まらずに逃走するなんて、とんでもない度胸と運動神経と運に味方された人間しかやり遂げられることではないだろう。こんなことができる女は私が知っている限りあと一人しかいないな。女の趣味については親子で似ているんじゃないか……くくっ」

（……ん？　これは、どなたのことでしょうか？）

広いサロンには応接セットがいくつか置かれている。

仕事の話をしそうなディランとローレンスを気遣い、エイヴリルはアレクサンドラとともに少し離れた場所でお茶を飲んでいたはずなのに、なぜかローレンスに見られている気がする。

とりあえずにこりと微笑んでみれば、ローレンスにひらひらと手を振られてしまった。

どうやら振る舞いとしては正解だったらしい。が、解《げ》せない。

そしてディランとローレンスの会話は続く。

「……返す言葉もない」

「あはは。お前が反論してこないなんて珍しいな。そうやって凹《へこ》んでいる姿を見るのは久しぶりだ。いつも年下っぽくしてればかわいいものを。わざわざ見にきた甲斐《かい》があったな」

「…………」

「本当に静かだな。ふはははははは」

ローレンスが上機嫌で笑っているのを、エイヴリルの向かいに座るアレクサンドラがドン引きという目で見つめていた。

その光景に、エイヴリルはなんとも言えない気持ちになる。

(ディラン様はやっぱり凹んでいらっしゃるのですね……)

ディランはテレーザが脱走した直後こそわかりやすく落ち込んでいたが、今では気持ちを切り替えて捜索にあたっているようには見えた。

だが、古くからの友人であるローレンスから見ると、かわいいといって揶揄《からか》いたくなるほどに参っているらしい。

エイヴリルにはあまり疲れを見せることがないディランだが、自分にも何か手伝えることはないだろうか。

そんなことを考えていると、黙ったままのエイヴリルまで凹んでいると勘違いしたらしいアレクサンドラが優しく声をかけてくれる。

「エイヴリル様。あの男――ローレンス殿下は本当に性格が歪《ゆが》んでいますから。ディラン様もおわかりとは存じますが、どうかお気になさらないようお伝えくださいね。エイヴリル様も気にすることはありませんわ。脱走騒ぎは、どう考えても不幸な事故ですから」

「はい。ありがとうございます、アレクサンドラ様」

「エイヴリル様は、ディラン様を元気づけて差し上げるとよろしいですわ」

「かしこまりました！」

なるほど、やはりそういうことのようだ。

（この前はお茶会を開いてディラン様に休息をとってもらいましたが、今度はどんな案がいいでしょうか……！）

納得し頷《うなず》くと、アレクサンドラはなぜか意味深に微笑み妖艶な仕草で手を上げた。

すると、部屋の隅に控えていたアレクサンドラ付きの侍女がラッピングされた箱を抱えてやってくる。

「こちらをエイヴリル様に差し上げますわ」

「これは……？」

エイヴリルはこれは何でしょうかと首を傾《かし》げつつ、早速受け取った箱を開けてみる。

中から出てきたのは、真っ白いレースが丁寧に編み込まれた布だった。

ベースにはシルクチュールが使われていて、向こう側が透けて見える。手触りが良く上質な品だとすぐにわかるが、用途が不明である。

箱の中から布を持ち上げ、明かりに透かしたエイヴリルはさらに首を傾げた。

(これは……もしかしてウエディングドレスに合わせるヴェールでしょうか？　それにしては随分小さいような……)

エイヴリルの仕草を見ていたアレクサンドラは満足そうに微笑んだ。

「それはうちの商会で人気のドレスですわ。特別に肌触りがいい生地を使用した入手困難な品ですのよ」

「こっ……これがドレス!?　寒そうです」

そういえば前にもこんなことがあった。

あのときは、アレクサンドラが背中に布がない悪女向けのドレスを持ち込んでくれたのだった。

ちなみにそれは実家から連れてきたメイドのキャロルによってコリンナに送られ、コリンナは甚《いた》く気に入ったらしかった。

(悪女らしいものを確実にお選びになるアレクサンドラ様のセンスは素晴らしいですね)

この謎のドレスは自分に送られたのだ、という事実からひとまず目を逸《そ》らして感心するエイヴリルに、アレクサンドラは艶《なまめ》かしく笑う。

「このドレスは、夜にベッドの中で着るものですわ。私もたまに着ていますの」

「!?」

「「ゴホッ」」

離れたところで会話をしていたディランとローレンスは二人揃《そろ》って紅茶が気管に入り、むせたようだった。

よくわからないが、ディランとローレンスがむせているのはそれぞれ別の理由だろうとは思う。

エイヴリルはアレクサンドラに問いかけた。

「これをアレクサンドラ様も愛用していらっしゃる……？　きっとよくお似合いですね」

「エイヴリル様にもきっと似合いますわ」

「………なるほど？」

エイヴリルは控えめながらもこのナイトドレスを着ている自分を想像してみる。

しかし残念だが細部まで想像しきれなかったうえに、想像上の自分がとても寒そうだ。

第一、似合ったところで誰に見せるというのか。

（はっ。もしかしてディラン様に？）

思い至ったところでディランがむせていた理由がわかった。

しかしすでに想像の限界は超えている。

「あの、デ……ディラン様はこういったことでお元気にはならないのではないかと？」

「ふふふ。そうかしらね」

ディランは楽しくないし、自分だって風邪を引くと思う。

アレクサンドラの意味深な笑みに首を傾げていると、この母屋《おもや》付きのメイドが空になったカップに紅茶を注《つ》いでくれた。

この薄い布を見て明らかにぎょっとしている。

(うっかり私も動揺してしまいましたが、私は母屋の使用人の間では悪女ということになっているのでした……！　前公爵様からの印象を『最悪』でキープするためにもイメージを落とすわけにはいきません……！)

エイヴリルはこの領地で平穏に過ごすため、『悪女』でなくてはいけないのだ。

となると、動揺したところを見られたからには名誉挽回《ばんかい》しなくてはいけない。

改めて薄い布を広げたエイヴリルは悪女らしくため息をついた。

「……もう少し布面積が少なくてもよかったですわね。ですが仕方がありませ、」

「かっ……かしこまりました。では、その通りにお直しを」

「!?」

公爵家の使用人は従順である。予想外の返事を受け取ってしまった。

ポットを置いたメイドが目を泳がせながら薄い布を受け取ろうとしてくれるが、動揺しているのはエイヴリルだって同じだ。

まさかこんな展開になるなんて思わなかった。

しかしとにかく、絶対にこの布から手を離すわけにはいかない。

エイヴリルとメイドの間で目に見えない引っ張りあいが発生しつつあったところで、アレクサンドラはもう一度手を上げた。

すると、アレクサンドラの侍女が今度はさっきよりも少し大きな箱を持ち、寄ってくる。

「まぁ、そのナイトドレスについては冗談のようなものですわ。本当にお見せしたいのはこちらですの」

「「冗談……」」

思わずメイドと言葉が重なってしまった。

意味は違うものの、お互いに安堵《あんど》したところで、アレクサンドラが箱の蓋を開ける。

そこにはまた同じような繊細なレースが縫い込まれた白いドレスが出てきた。

薄い布の寒くないバージョンだろうか。

(いいえ、これは違います)

「エイヴリル様のウエディングドレスが仕上がりましてよ。ディラン様にお持ちするよう言われましたので、王都からわざわざ持ってきましたの」

「まぁ……!」

それは結婚式のために仕立て直しているエイヴリルのウエディングドレスだった。

ランチェスター公爵領にいる間は結婚式の準備が進められないと思っていたのだが、こんなところでドレスに出会えるとは。

むせるのがやっと治まったらしいローレンスが教えてくれる。

「結婚式の準備で忙しい時期に頼み事をしてしまったからな。責任をとって私たちが預かってきた」

「……ありがとうございます、ローレンス殿下」

「お前にそうやって礼を言われるのは悪くないからな」

ローレンスとディランの会話を聞きながらありがたさで胸がいっぱいになったエイヴリルに、アレクサンドラが提案した。

「早速袖を通してみては。お手伝いしますわ」


——数十分後。

アレクサンドラとメイドたちに手伝ってもらってドレスに着替えたエイヴリルは、もう一度サロンを訪れた。

そこでは、先ほどと変わらない様子でディランとローレンスが歓談している。

「エイヴリル様の着替えが終わりましてよ。いかがでしょうか」

アレクサンドラがそう言いながらエイヴリルの手を取りサロンに引き入れてくれると、ディランが立ち上がった。

「これは……とても綺麗《きれい》だ」

「お褒めにあずかり光栄でございます」

ディランの前まで行くと、エイヴリルはドレスのスカート部分を持ち上げて軽く微笑んだ。

すると、ディランの表情が緩むのがわかる。

「前のドレスよりもずっと似合っているな」

「ありがとうございます。こんな……前よりもさらに贅沢《ぜいたく》で綺麗なドレス……本当にいいのでしょうか」

「当たり前だ。俺が見たかったんだからな」

（……！　ディラン様はいつもこういうことを言ってくださいます）

ディランが照れる様子もなくさらりと言うので、エイヴリルはうっかり赤くなってしまう。

結婚式のやり直しとドレスの仕立て直しが決まってから、ディランは再び、前と同じように何度も一緒にドレスサロンへ足を運んでくれた。

細かい打ち合わせの末にできあがったのがこのドレスである。

ちなみに、袖のレースはディランが、腰についている花はアレクサンドラが、肌触りの良《い》い生地はクリスとグレイスが、フリルのデザインはキーラが一緒に選んでくれた。

ランチェスター公爵家に入ってからできた友人たちの祝福も込められたこのドレスは、エイヴリルにとってただのウエディングドレスではない。

仕立ててから仕上がるまでの時間も含めて、とても大切なものだ。

（ディラン様がうれしそうな顔をしてくださると、私もうれしいです……！）

エイヴリルとディランの様子を見ていたアレクサンドラが目を細めた。

「ふふっ。ディラン様が元気になるものをお持ちできてよかったですわ」

「ああ、感謝しよう、アレクサンドラ嬢」

「結婚式は少し先になるのかと思っていたのですが、これで問題なく行えますわね」

（実は、私もそう思っていました）

領地入りしてからのディランが信じられないほど忙しいのと同様に、王都を離れている期間が長くなるとそれだけいろいろな執務が重なる。

予定よりも滞在が延びたため、結婚式も延期になるのではと思っていたのだ。

特にドレスの製作を依頼しているのが人気の工房とあって、ドレスが仕上がってから時間が経《た》っては直しが難しくなる可能性も高かった。

(状況はあまり良くありませんが、少なくとも準備が間に合わないせいで結婚式が延期になるということはなくなりました)

二度も結婚式が延期となると、ランチェスター公爵家の品位にも関わってくる。

そうならないで済みそうなことにほっとしていると、ローレンスが口を開いた。

「王都での結婚式に前公爵とお前の母親は列席しなかったな」

「……ああ、二人とも理由は違うが。前公爵はもともと呼ぶ気はなかったし、そして母は外へ出ること自体が難しい」

「侯爵家には招待状ぐらいは出したのか？」

「母には……だが、俺が大人になったことすらはっきりと理解していないんだ。実家の人間が気遣って見せてすらいない可能性もある」

ディランとローレンスの会話を聞きながら、エイヴリルはため息をつく。

(結婚式にはディラン様に関わりのある方皆様に列席していただけるとうれしいのですが……なかなかそうはいきませんね。やり直しの結婚式には、私の実家からも誰も呼びませんし)

そして、はたと思いついた。

「そうですわ。ディラン様、もしよろしければ写真を送りませんか？　ちょうどドレスもありますし、このマートルの街の写真館で結婚式っぽい写真を撮って、お母様にお送りするのです」

「それはいいかもしれないな。……大人になった俺のことはわからなくても、エイヴリルのことは覚えてくれるかもしれない。いつか紹介するときに役立つこともある」

「では早速写真館に予約を入れますね！」

（……ではありませんでした！）

この部屋には本邸のメイドがいる。

前公爵を欺かないといけないエイヴリルは自分で動くべきではないのだ。

ということで、エイヴリルはさっき薄い布を引っ張りあった仲のメイドに向けてえらそうに声をかける。

「シエンナ。すぐに写真館に予約を入れなさい」

「へっ」

突然名前を呼ばれたメイドは驚いているが、エイヴリルは気にしない。

「できる限り早い日程で予約をとってちょうだい。でも公爵家だからと順番の割り込みはいけません。他のお客様と重なることを避けて貸し切る必要もないわ。ですが前後の時間帯を空けることになるでしょうから、写真館にはきちんとその分の支払いもなさい。最大限のわがままを言って予約を取るのです」

「はぁ。あの、それはわがままなのでしょうか……？　それに、どうして私の名前を？」

「あなたのことは、よく気がきく……ではなかった、お節介なメイドとして覚えていますわ」

シエンナの名前は、ディランの書斎で名簿を見たときから知っていた。

ちなみに、ついさっき透け透けの薄い布を引っ張りあった相手として上書きしたところである。

「か、かしこまりました……？」

いまいち腑《ふ》に落ちない、という微妙に変な顔をして出て行こうとしたシエンナが、思い出したようにすっかり話題から外れていた箱を手に取った。

「こちらについてもご指示をいただいても……？　もう少し露出が増えるように、布を切り取りお直しすればよろしいでしょうか」

「ああっ!?」

棚上げにしたままの問題を蒸し返されて、エイヴリルは青くなった。

(お直しはしてほしいです……本音を言えば、恥ずかしいドレスではなくハンカチとかそういうものに)

しかしそれをここで言うわけにはいかない。

この薄い布はアレクサンドラも愛用しているらしいし、ワードローブのラインナップを思い出すと悪女なコリンナも間違いなく好きだ。

そして、何よりもこれは贈り物なのだ。跡形もなく消し去ってくれと頼むわけにはいかない。

せっかく完璧な悪女ムーブで締めたはずだったのに、どうしてこうなるのか。

詰めが甘い自分を反省していると、救世主が現れた。グレイスである。

「それは私がお預かりしておきます。然《しか》るべきときまで」

「えっ……ええ、そういうことなの。グレイス、どうかその然るべきときまでしっかり保管をお願いね」

自分で繰り返したものの、然るべきときとは一体何なのだろうか。

しかしディランが微妙な顔をし、ローレンスとアレクサンドラは楽しそうに笑っていて気まずさはあるが、なんとか切り抜けられた気はする。

シエンナを見送ったエイヴリルはほっと安堵の息をついたのだった。


翌日。エイヴリルは張り切って母屋の廊下を歩いていた。

(今日は午後から写真館に行く予定があります。ディラン様のお仕事をお手伝いして、早く執務を終わらせてしまいましょう……！)

シエンナにお願いした写真館の予約は、あっさりと取れた。

王都でも写真館の数は少なくなかなか予約が取れない。

それなのに、さらに数が少ない公爵領ではこんなにスムーズに取れるとは。

(ランチェスター公爵家の名前を出したにしても、ちょっと早すぎます。きっと、シエンナさんは普段から街の方々から信頼を得ているということなのかもしれませんね)

そうして、頭の中から書斎で確認したシエンナの経歴書を引っ張り出す。

（ディラン様の書斎で見たシエンナさんの経歴書には、このお屋敷で十五年以上働いていると記されていました。ご実家はマートルの街にある小さな商家で、三番目のお嬢様だったシエンナさんは初等教育を終えるとすぐにランチェスター公爵家で働くようになったと。長くこのお屋敷を支えてこられた、この家になくてはならない方です）

そんなことを考えながら階段を下り、ディランの執務室兼書斎まであと少しというところまで来ると、誰かの厳しく叱責するような声が聞こえてきた。

（この声は……前公爵様でしょうか？）

廊下の曲がり角からこっそり覗《のぞ》いてみると、ディランの父であるブランドン・ランチェスターがメイドのシエンナとエイヴリル付きのメイド、グレイスに怒鳴り散らしているのが見えた。

前公爵は顔を真っ赤にして怒り、対照的にシエンナとグレイスは真っ青だ。

一目で何かが起きているとわかる。

（一体どうしたのでしょうか⁉）

「お前たちは本当に使えないな！　クビだ！　さっさとこの家を出ていくがいい」

「申し訳ございません、大旦那様！　どうかお許しを」

「これ以上その顔を見せるんじゃない。早く立ち去れ！」

「お許しくださいませ……！」

頭を下げる二人に、前公爵は怒りが収まらないままその場を立ち去ろうとする。

そこへエイヴリルは声をかけた。

「まあ。そんなに怒ってどうなさったのでしょうか」

「エイヴリル様……実は、その」

グレイスが目配せをしてくる。

一方の前公爵は突然エイヴリルが現れたことになぜか動揺したようだったが、すぐに切り替えたらしい。

そうして、居丈高に告げてくる。

「ちょうどいい。あの若造にも言おうと思っていたんだ。お前たちはこの家を我が物顔で歩くんじゃない。誰の許しを得ているんだ？」

前公爵の手には書類の束が握られていて、床にも数枚の紙が落ちているのが見える。

それは前日にエイヴリルがディランの書斎で処理をしたものだった。

「……前公爵様。そちらの書類はディラン様――いえ、公爵家にとって重要なものです。ディラン様の妨害が目的でしたら、おやめくださいませ」

「ディランの妨害？　何を言っているんだ。私はただ」

こちらを馬鹿にしたように顔を歪ませて視線を逸らす前公爵の様子はひどく高圧的なものの、意外なことに嘘《うそ》をついているようには見えない。

加えて、グレイスの隣でシエンナが青くなって震えているところから察するに、きっと前公爵はシエンナにディランの書斎から何か書類を持ってくるように頼み、この状況に繋がったようだ。

（ですが、前公爵様はディラン様の邪魔をするためにこの書類を持ち出したわけではなさそうですね。もしかして、前公爵様は領主のお仕事をなさろうとしている……？　それでシエンナさんにこのほかにも書類を持ち出すように頼んだけれど、シエンナさんはそれを拒否し、前公爵様はそこで逆上した、と考えるのが自然です）

状況を把握したエイヴリルは問いかける。

「……つまり、前公爵様は公爵家の領地経営への権利を主張する——言い換えるならば代替わりを否定なさるということでしょうか？　王太子ローレンス殿下から直々にお達しがあって代替わりに繋がったと伺っておりますが」

それにしても、つい最近まで遊んでばかりだった前公爵の振る舞いにしては突然すぎではないだろうか。

けれど、今はそんなことを言っている場合ではない。

エイヴリルが厳しい視線で返すと、前公爵は先ほどの動揺に続いて一瞬だけ怯《ひる》んだように見えた。しかしそれはわずかなもので、またすぐに偉そうな表情に戻る。

「フン。あの王太子も曲者《くせもの》だな。あいつの味方ばかりしやがって……とにかく、そこのメイド二人はクビだ。主人に楯突《たてつ》く人間はこの家にいらない」

「お待ちください。シエンナ・ニールも、グレイス・フィッシャーも、どちらも我がランチェスター公爵家の大切な一員です。加えて、人事権は現公爵であるディラン様にありますわ」

「……なに？」

ひどく不機嫌そうに怒りを湛《たた》えた顔で睨《にら》まれたが、エイヴリルは特に動じない。

それどころか、けっこう怒っていた。

(ディラン様は領地入りしてからずっと、領主としてのお仕事をされながらローレンス殿下からの依頼もこなし、そのうえ最近ではテレーザ様の捜索までしていらっしゃいます。ディラン様がこんなに骨を折られているのに、この方はなんてことをおっしゃるのでしょう。信じられません……!)

元はといえば、すべてはこの前公爵が招いた問題なのだ。

彼が怠けずに公爵として国に務め領民に篤《あつ》く振る舞っていれば、ディランは若くしてこんな重責を担うことがなかったし、そもそも幼い頃に家族がバラバラになることもなかったのだ。

しかも、前公爵が遊びの拠点としていた愛人を囲う離れは、いまやランチェスター公爵領が麻薬取引の拠点として疑われている原因となっている。

(加えて、ディラン様のお話を聞いていると、前公爵様は領地を経営していく能力をお持ちなのに遊び呆《ほう》けていたようです。それなのに、思いつきで代替わりをなかったことにしようだなんて……。お家騒動を引《ひ》き起こし、ランチェスター公爵家を引っ掻《か》き回《まわ》すだけ引っ掻き回して、ディラン様が大事にしているこの家と領民を不安にさらすだなんて許せません)

前公爵を睨みつけたエイヴリルは、グレイスとシエンナを庇《かば》うように前に出た。

頭に浮かぶのは、最近読んでいた推理小説に出てくる悪女。そして、アレクサンドラである。

残念だが、この場合コリンナではお手本にならない。

「まず、彼女たちはわたくしのランチェスター公爵家に必要な人間ですわ」

「な……なんだと？」

あえて『わたくしの』と強調すると、前公爵は意外そうに目を丸くした。

その前に立ったエイヴリルは、しなをつくってにこりと微笑む。

今この瞬間、自分は悪女だ。

誰かと言い争うことにはあまり慣れていないが、ディランの名誉とグレイスたちを守るためならいくらだって口が回る気がした。

「ふふっ。あなたはわたくしが悪女だとご存じでしょう？　わたくしが何を考えてディラン様と結婚することにしたのかはお考えにならないのでしょうか？」

「い……いろいろと話は聞いている。この家を乗っ取ろうとしているのだろう？　だが行動が意味不明すぎる。お、お前は一体何を企《たくら》んでいるんだ」

ひどく不審そうな視線を送ってくる前公爵に、エイヴリルは口を尖《とが》らせる。

「わたくしはただこの家が欲しいだけなのですわ。領地が豊かで、富も名声も何もかも持っていて、しかもわたくしに夢中な当主――ディラン様がいるこの家が。これだけお金があれば欲しいものはなんでも手に入りますし、この家の家格があれば多少のルール違反は許されるでしょう？　……あら、考えていることが前公爵様と一緒ですわね」

いやですわ、としらじらしく口元を押さえれば、前公爵は目を泳がせた。

「お前、ふざけているのか……？」

「いいえ大真面目ですわ。ですから、この家を乗っ取るためにわたくしはどんなことでもしましてよ。そして、この家が理想通りであり続けるためならば努力を惜しみませんわ。彼女たちはそのために必要な人間ですの。勝手に解雇されては困ってしまいます」

「この家にやってきたばかりのくせに、よくもまあぬけぬけと」

「やってきたばかりですが、この家のことは何でも覚えていますわ。少なくともあなたよりは」

「……何だと？　も、もう一度言ってみろ」

自分に全く怯まず、しかも不自然と言えるほど自信満々なエイヴリルに、前公爵は気味の悪さを感じているようだった。

これは間違いなく、これからエイヴリルがしようとしていることの後押しになるだろう。

「いいですわ。実際にお話しして差し上げましょう」

エイヴリルは待っていたというように口を開く。

「シエンナ・ニール。二十七年前にマートルの街の商家の三番目のお嬢様として生まれた彼女は、初等教育を次席で卒業。ですが家を助けるために中等教育は受けることなく、十五年前にランチェスター公爵家へやってきました。初めは厨房《ちゅうぼう》で調理の補佐をするキッチンメイドをしていましたが、次第に能力を認められてハウスメイドに昇格します。そこからずっと母屋勤めで、ディラン様のお部屋のお掃除を担当していたこともあります。特技はお裁縫。元キッチンメイドだけあって、彼女が淹《い》れたお茶は特別においしいと屋敷内で評判でもあります。そして、マートルの街の方々から信頼が厚い。……そうですわね？」

シエンナの方を見ると、彼女は目をぱちくりさせている。

それは前公爵も同じことのようだった。「は？」と小声で呟《つぶや》いたきり、目を見開いて顔を引き攣《ひ》らせ、こちらを見ている。

（それでいいのです）

エイヴリルは『一度で何でも覚えられる』という特技を持っている。

その能力は実家アリンガム伯爵家にいた頃は『気持ちが悪い』と言われ、家族扱いしてもらえない原因となっていた。

けれど、それを逆手にとって人を黙らせようとする日が来るとは。

（こんなふうに考えられるようになったのは、ディラン様をはじめとしたこのお家《うち》の皆さんのおかげなのですから）

呆気《あっけ》に取られている前公爵を前に、エイヴリルはさらににっこりと笑う。より、気味が悪く見えるように。

「グレイス・フィッシャー。五年前に王都のタウンハウスで雇われたメイドで、二十歳。わたくしのお気に入りですわ」

「!?」

グレイスがギョッとした気配がするが、エイヴリルは気にせずに続けることにした。

目を見開き、顔を引き攣らせたまま固まってしまっている前公爵の前で、エイヴリルは胸いっぱい息を吸う。

「男爵家の二女《じじょ》として生まれたグレイスは初等教育を終えた後、両親の勧めで学校の先生になるため中等学校に進まずに師範学校へと進学しました。ですが当時師範学校を視察に行ったディラン様とクリス様が優秀な彼女に目を留め、未来のランチェスター公爵家の上級使用人として育てるために引き抜きました。前公爵様はディラン様が人事に口出しをすることに難色を示されたようですが、グレイスに課した筆記試験の得点が満点だったことから許可を出しました。前公爵様とグレイスの間で有名なエピソードといえば、お目覚めの時間に関わるものでしょう。前公爵様が王都のタウンハウスにいらっしゃることがあったとき、グレイスは前公爵様の性格から察してお目覚めの声かけの時間を勝手に十五分早く設定しています。そのおかげで前公爵様は過去十三回、国王陛下からの呼び出しへの遅刻を免れています。二回は遅刻したようですが、そのときは前公爵様がグレイスの給金を減額したそうです。ですがディラン様はそれを隠れて補填なさいました。王都のタウンハウスで知らぬ人はいないエピソードです。またグレイスは掃除もお洗濯も給仕も何でもできますわ。それに加えて、わたくしの好みをすべて覚えて完璧に対応してくれる細やかな神経の持ち主です。さらにグレイスは過去五回の人事考課にかけられましたが、その結果はすべて最上級の評価を得ています。実は陰ながら前公爵様もその優秀さを認めた彼女は、悪女と呼ばれるわたくし付きのメイドとして不可欠ですの」

最後の方はただの自分のメイド自慢になってしまった気もするが、エイヴリルは満足だった。

しかし、さっきまで真っ青だったはずの顔を真っ赤にしたグレイスがエイヴリルの袖を引っ張ってくる。

「なんっ……何でそんなことを知っているんですか」

「お気に入りだからです」

「お気に入り⁉　……そういえば、アレクサンドラ様と初対面のお茶会で、ディラン様に対し似たようなことをなさった——いいところを延々と語り続けた、と伺ったことが」

「？　そんなこともありましたね」

首を傾げれば、グレイスは「貴族が集まるお茶会で……旦那様に心底同情します。今実感しました」と遠い目をした。

確かに、あのときエイヴリルはコリンナのように話題の中心になりたがる『はた迷惑な悪女』を演じたのだった。

しかし今は違う。

エイヴリルは怒っているのだ。

グレイスへの日頃のお礼と愛を語り終えたエイヴリルは、腕組みをし偉そうな仁王立ちで前公爵に向き直る。

「この家は、わたくしのためにディラン様が維持しているのですもの。それならば、わたくしもわたくしのためにあらゆることを覚えておくのは当然のことですわ。前公爵様よりも、わたくしとディラン様の方がこの家にはふさわしいのです」

「……お、お前がそのメイドたちと仲がいいのはよくわかった。特別に贔屓《ひいき》にしている相手のことを覚えているのは、当然といえば当然のことだからな」

そう応じつつも、前公爵は動揺を隠しきれていなかった。

なぜなら、ランチェスター公爵家では雇っている人間の経歴を詳細に記録する。勤める期間が長ければ長くなるほど、その資料が膨大になっていくことを前公爵は身をもって知っているのだ。

しかもグレイスはまだしも、シエンナは王都のタウンハウスではなくこの領地の本邸で働く使用人だ。

ディラン経由で経歴書に接する機会があったとしても、一度見たぐらいで覚えているエイヴリルが不自然すぎるのだ。

ちなみに、当然だが覚える必要もない。

けれど、すっかり怒っているエイヴリルは引き続き偉そうに続ける。

「わたくしは、本気でこの家を乗っ取りたいのです。あれもこれもそれもあれも、何一つとして絶対に譲りませんわ。その、足元に落ちている資料の一枚ですらも」

「……これは書斎の書類だ。お前は帳簿を読みディランのサポートをすることもあるようだが、それとはレベルが違うんだ。……そっちのお前、シエンナだったな。拾え」

(まあ)

前公爵が散らばった書類をかき集めようとしてシエンナの名前を呼んだことに、エイヴリルは驚いた。

ディランならば当たり前のことだが、愛人の名前しか呼ぶ気がない前公爵にしては意外な振る舞いだったからだ。

（このようにいきなり代替わりを撤回しようとしたり、まともな振る舞いをしたり……前公爵様はなんだか摑《つか》みどころのないお方ですね？）

しかし今はそれどころではない。

エイヴリルはこの書類を回収した上で、息子とその妻は面倒だから関わらないようにしようと思わせたいのだ。

エイヴリルは書類を拾おうとしたシエンナの肩に手をかけ、止めた。

それから、シエンナの代わりに自分で書類を拾い集めると丁寧に形を整えた。

そうして、前公爵に書類の束を手渡す。

「こちらの書類は、国王陛下に提出を命じられた報告書ですね」

「それがどうした」

「昨年、農作物の不作により国中が不景気に陥りました。この書類は、そのときに唯一ランチェスター公爵家だけが赤字を免れ、領地経営を上昇に転じさせたことについての記録と報告です」

そこで、じっと静かに話を聞いていたグレイスが訝《いぶか》しげな表情になった。

「……エイヴリル様。それって、以前エイヴリル様がお気づきになった『法律の例外』のおかげで税収が大幅アップして公爵家が潤ったというものですか？」

「ええ、そうよ」

グレイスが言っているのは、エイヴリルがランチェスター公爵家にやってきて半年ほど経った頃の出来事のことだ。

その頃、執務の手伝いをするようになったエイヴリルにディランはとある商家からの嘆願書を見せた。

内容は『不況のせいで資金繰りが苦しく、納税を猶予してほしい』というものだった。

ディランも何とかしたいと思っているらしいものの、如何《いかん》せん有効な方法がない。

困っていたところに能力と評価と言動がちぐはぐすぎるエイヴリルがやってきたものだから、試しにと相談されたのだ。

エイヴリルは、アリンガム伯爵家で父親の執務を手伝うためにあらゆる資料を読みつくしていた。

だから今年法律がひっそりと改正され、納税に関して例外を認める一文が抜け道のように追加されたのを知っていて、それを利用するように進言した。

結果、その商家は納税が猶予されて経営を持ち直したうえに、そのおかげで発売できた新商品が信じられないほどに大ヒット。

そして巡り巡ってランチェスター公爵家に多額の資金がもたらされた、というちょっとありえない展開が一連の流れである。

(私はただ覚えていたことをお話ししただけだったのですが……お役に立ててよかったです)

そんなことを考えながら、目を閉じる。

今からするのは、気味が悪いと思わせて前公爵を引かせるためのパフォーマンスだ。

「お前、何だ？　さっきから様子がおかしいぞ？」

「前公爵様は悪女が苦手ですものね。もったいないことです」

「は？」

（最終的にチェックしてくださったのはディラン様ですが……その報告書を作成したのは私です）

覚えているものをただなぞるだけ。

エイヴリルにとっては造作もないことだった。

「報告書　前年度のランチェスター公爵領の経営状況」

「……は？」

「経緯、納税の猶予について当該商家より嘆願書の提出があったため、状況を詳細に調査。精査の結果、別表のスケジュールに従い公爵領への納税は猶予。国への納税も不可能と判断」

「お前、何を言っているんだ……って、何だと？」

顔を顰《しか》めた前公爵だったが、自分の手元にある書類を見て、驚きの声を上げ固まってしまった。当然である。

エイヴリルは、わざとその書類に書いてある文章を一言一句違《たが》わずに暗唱しているのだから。

（この書類は十枚以上に及びます。一部だけを暗唱したのなら、前公爵様も私が偶然覚えていたとお思いになるでしょう。ですが、十枚を全部一文字も間違えずに暗唱すれば、この方は間違いなく私のことを気持ち悪いとお思いになるはずです！）

ディランとこの父親が全く違う人間なのは知っている。

ディランがエイヴリルを褒めてくれるのなら、目の前の彼は気味が悪いと感じこの場を立ち去るだろう。

予想は当たったようだった。

エイヴリルが五枚目の冒頭の暗唱に入ったところで、前公爵はぱちくりと目を見開いたまま手を上げた。

「……もういい」

「いいえ。まだ終わっていませんわ。全部聞いていただきませんと」

「い……いいと言っている！」

厳しく制されて、エイヴリルは心底意味がわからないというふうにおっとりと首を傾げた。

それを見た前公爵は、手にしていた書類の束をエイヴリルに押し付け、期待通りに後退《あとずさ》りをした。

「あ、悪女とは……途轍《とてつ》もないものだな」

声は低く渋いが、響きはぽかんとして呆気に取られたときのものに近かった。

その言葉を自分への嘲りだと受け取ったエイヴリルは、にこりと笑う。

「？　ええ」

「……私はこれで失礼する」

「お待ちください。その前にグレイスとシエンナさんの解雇を撤回していただきませんと。いえ人事権はわたくしのディラン様にあるのですけれど、今後もこのようなことをされては困りますから」

「!?　わ、わかった。勝手にしろ」

なぜか挙動不審な前公爵は、そのまま背中を向けると足早に立ち去ってしまった。

それを見送りながら、エイヴリルはやっと安堵の息をつく。

（私はディラン様の大切なランチェスター公爵家を守れたようです）

すると、グレイスがぽつりと呟いた。

「今のエイヴリル様、本当の悪女みたいでしたね」

「怒りが頂点に達しましたら、こんなことになりました。グレイスたちを怖がらせてしまったのなら謝ります」

「いえ全然。この方向に行くのかと思ったら楽しかったです」

「まぁ。それはよかったです」

グレイスと話していると、目を瞬《しばたた》きながらこちらをじっと見ているシエンナと目が合った。

一連のエイヴリルの行動を見て何かを察したらしい。

ものすごく目を泳がせている。

自分の振る舞い――悪女っぽさに驚かれたのだろうと思い、エイヴリルは口に人差し指を当てて『しーっ』のポーズをした。

そうすると、シエンナは「わかっていますとも！」とでもいうようにこくこくこくこく頷く。

（よかったです。これで私が行きすぎた悪女だということは、母屋の使用人の皆さんには広まらないでしょう。行きすぎた悪女ではさすがに嫌われますし、公爵家の女主人は務まりませんから……！）

というか、今日のこの一件があれば、エイヴリルはもう悪女のふりをする必要はないのではないだろうか。

この場を切り抜けるための振る舞いだったが、実は一石二鳥だったのかもしれない。

満足していると、グレイスの呆《あき》れたような声が聞こえた。

「……シエンナの頷きはそういう意味じゃないと思いますが……」

「えっ？」

「だって、エイヴリル様の妹は、使用人が困っていたら助けますか？」

「……」

絶対に助けないと思う。

「そういうことです」

「なるほど……!?」

つまり、シエンナはエイヴリルが本当は悪女などではなく、メイド二人を助けるために間に入ったのだと理解したに違いなかった。

（すぐに誤った認識を訂正しないといけません……！）

慌ててきょろきょろと周囲を見回したエイヴリルだったが、残念なことにシエンナはもういなかった。


その日の午後、エイヴリルはディランとともに写真館へと向かう馬車に乗っていた。

この馬車に乗っているのは二人だけだが、後続の馬車にはウエディングドレスを持ったグレイスとクリスが乗っている。

並んで座り、二人きりのエイヴリルとディランだが、話題には色気がない。もっぱら前公爵のおかしな行動についてだった。

「……ということがありまして」

前公爵がメイドたちに解雇を言い渡しているところに遭遇したと報告すれば、ディランは厳しい表情になる。

「どうしてすぐに呼ばなかった？」

「申し訳ありません。なんとなく、一人で切り抜けられるような気がしたのです」

「いや、エイヴリルが謝る必要はないんだ。……ただ、俺が気づかなかったせいで嫌な思いをさせてしまったと」

「いいえ。全く問題ありませんでしたわ。しっかり悪女として対応しましたので！」

胸を張ってそう答えれば、ディランは真剣な表情を引っ込めて遠い目をした。

「嫌な予感が……。エイヴリルは一体何をしたんだ……？」

「はい、居合わせたグレイスとシエンナさんの経歴をご紹介したり、前公爵様が持ち去ろうとした報告書の内容をそらで言ったり、私の特技を披露して怖がっていただきました！」

我ながら、今日の自分は完璧だったのではないか。

グレイスにも褒められた気がする。

自画自賛する気持ちで自信満々に答えると、ディランは笑みを隠すように口元を押さえた。

「なるほど。確かにその場は切り抜けられたかもしれないが、前公爵からの印象という面ではもしかして逆効果かもしれないな……」

「えっ？」

「父――、前公爵は元は仕事ができる人間だったようだし、他人を見下してはいるが能力のある人間のことは嫌いではないはずだ。ただ、それ以上に遊ぶのが好きすぎて堕落したというだけで」

「それはまあ」

(確かに、いくらランチェスター公爵家が裕福でかつ特権が認められるような名門だったとしても、主《あるじ》が本気で遊び呆ければ立ち行かなくなるでしょう。愛人の皆様への贈り物を帳簿であそこまで細かく管理していることも踏まえると、家が傾かないギリギリの線を狙って遊んでいた、という表現の方が正しいのかもしれません)

家族全員が本気で遊び呆けていた自分の実家が辿《たど》った末路や、グレイスが雇用された経緯を考えても頷ける。

そんなことを考えていると、ディランが真剣な表情になって続けた。

「実は、別棟の解体に向けて動くため、あそこで暮らしている女性たちに話を聞いてきたんだ。離れがなくなった後の身の振り方を聞く中で知ったのだが、どうも最近前公爵の様子がおかしいらしい」

「様子がおかしい、ですか？」

「ああ。最近、あまり夜に彼女たちの部屋へ行かないのだと。行ってもお茶を楽しんで帰るだけだと」

「……なるほど？」

エイヴリルに合わせてディランが言葉を選んでいるのがわかった。

コリンナの『夜遊び』を雰囲気で思い浮かべたエイヴリルは納得する。

「つまり、ディラン様が領地入りして別棟の解体に動いていることを認める方向ということでしょうか。愛人の皆様とのお遊びはそろそろおしまいにする、と」

「というよりはまるで領主だったときのような生活をしているらしい。別棟の自室の書斎には新しく机を運び込み、愛人たちの部屋には一日の半分しか行かず、書斎で過ごしていると」

「……それって、普通のことでは？」

「あいつにしては上出来のはずだ」

ディランが思わず『あいつ』と呼んだのを聞いて、エイヴリルはくすりと笑った。

ディランが父親のことをひどく嫌っているのは知っている。

けれど、ディランが前公爵のことを語るときは、いつもは完璧な彼の人間らしさが垣間見《かいまみ》える場面でもあって、けっこう好きなのだ。

「では、前公爵様の様子はおかしくてもそこまで問題はないのでしょうか？」

「それがそうでもないんだ。どうやら秘書を雇うと言い出しているらしい。代替わり前に秘書を務めていた男を呼び戻そうとしたが、連絡が取れずに困っていると。書斎から書類を持ち去ろうとしたことも踏まえると、本気で復位を狙っているのか」

「秘書を。それは」

（……ディラン様がおっしゃることは、午前中の前公爵様の行動とも一致しています。一体どういうことなのでしょうか）

考え込んでしまったエイヴリルに、ディランは何やら諦めたように告げてくる。

「正直、やれるものならやってみろの気持ちではいる。だが、今回の原因はエイヴリルにあるのではとも思う」

「…………」

あまりにも思いがけない言葉に、エイヴリルはたっぷり十秒間ほど固まった。そして。

「えっ？　私、私、ですか？」

ぽかんと口を開けたエイヴリルにディランが教えてくれる。

「ああ。あいつが特に懇意にしているルーシーという愛人に話を聞いたんだが、最近、エイヴリルの話をよくしているらしい。椅子になるとか何とか」

「椅子？」

「そうらしい。加えて、自分の言いなりになる女性ではなく、自分を振り回すような女性への憧れを話しているらしい。もちろんあいつの性格だ。実際には真逆のことを言いつつ、憧れが滲《にじ》み出《で》ているという残念な事態らしい。そしてそういう類《たぐい》の女性と関わるには自分も牙を抜かれた状態ではいけないとか何とか意味不明なことを」

「はあ……って、だから急に領主のお仕事に興味を!?」

（椅子になる、とはもしかしてあれでしょうか……この前、私がディラン様のお膝に座らせていただいてお菓子をいただいたことでしょうか。まさか、あれに憧れを!?)

信じられない。

ルーシーと前公爵の間で交わされているそれは、本気の会話なのだろうか。

前公爵の強面《こわもて》の渋い顔を思い出したエイヴリルは、それがどうしても話題と一致しなくて、思いっきり首を傾げた。

頭が肩につきそうになったところで、隣に座っていたディランがエイヴリルの頭を元の位置に戻してくれる。

「心を入れ替える、という表現はさすがに大袈裟《おおげさ》なようだが、行動を改めるきっかけにはなったかもしれないな。まぁ、どれも推測に過ぎないが」

「どうして一体あれが……?」

悪女は大っ嫌いではなかったのか。

やっぱりお医者様をお呼びしたほうがよいのでは、とエイヴリルが言おうとしたところでディランはため息をつく。

「あいつが清廉でおとなしい女性ばかりを囲っていた理由は『反抗されない』、これに尽きる。それなのに、特に気に入っていた愛人に麻薬取引という面倒な問題を持ち込まれた上に脱走されたのだから、思い直したんだろうな」

「つまり、踏んだり蹴ったりだったところに悪女な私が現れて、その影響を受けてしまったと?」

「ざっくりいうとそんな感じだろうな。ルーシーはあいつのそんなところが放っておけないと言っていた。しかし、これだけ長い間悩まされていた相手がエイヴリル一人の振る舞いで考えを改めるとは。心底意味がわからないな」

はー、とさらにため息を重ねるディランを見て、エイヴリルも複雑な気持ちになる。

ディランにこの情報を伝えたというルーシーは離れで暮らす愛人たちの中でも特に歴が長く、ブランドン・ランチェスターのことをよく理解している存在だ。

彼女の意見を踏まえたことを考えると、この推測は当たらずといえども遠からずと言ったところだろう。

（ディラン様は、本来はご結婚をする予定はありませんでした。その原因となっていたのは前公爵様その人です。誰かを不幸にしたくなくて、一生一人でいることを選ぼうとしていたディラン様……。長年悩んでいらっしゃったのに、こんなふうにコロコロと考えが変わるところを目の当たりにされて、一体どんなお気持ちでしょうか）

沈んでしまったエイヴリルにディランはいち早く気がついたようだった。

「そんな顔をしなくていい」

「ですが」

「正直、俺もエイヴリルと話しているときは楽しいんだ。だからあいつの気持ちはわからなくもない。……しかし、エイヴリルは特技を披露したのか」

「はい。あっ、ですが、その辺は大丈夫かと思います。とても驚いて後退りをしていましたから！」

「ますます心配だが、想像すると笑えるな」

気を取り直してまた胸を張れば、ディランはとても楽しそうに笑った。

さっきまで複雑そうな顔をしていた彼に元気が戻ってほっとする。

そして別棟解体の話題になったので、エイヴリルはずっと気になっていたことを聞いてみる。

「……別棟にお住まいの愛人の皆様はランチェスター公爵家を出て行くことになるのですね」

「ほとんどはその予定だ。本来は希望があれば何らかの形で雇い入れてもいいが、前公爵がいるところでそれをしては示しがつかないからな。解体の意味がなくなってしまう」

「ええ、おっしゃる通りです」

(ですがディラン様はとてもお優しい方です。もし誰かがここに残りたい――例えば、王都のタウンハウスでディラン様にお仕えしたいと言い出したらどんな判断をなさるのでしょうか)

現に、脱走したテレーザはディランに取り入ろうとしていた。

もしかして、行き先がないばかりに今後そういうことを考える愛人が出るのではないだろうか。

愛人たちの性格は大体知っている。

みんな穏やかで優しい女性ばかりだ。

おそらく『ディランの第二夫人になりたい』『愛人としてまた囲われたい』と言い出す者はいないだろうとは思う。

けれど、それだけに別の可能性も思い浮かんで、戸惑いを覚えてしまう。

(もし皆様が、愛人としてではなく使用人として働きたいとおっしゃったら？　そして、それを聞いたディラン様が希望を受け入れるとしたら……？　ディラン様は優秀なお方です。適材適所ということで、この場合与えられる職務や役職は……)

——愛人。エイヴリルにはただそれしか思い浮かばなかった。

その場合、王都のタウンハウスの離れがディランの愛人たちの住まいに変わるというのだろうか。

いいや、ディランが契約結婚を申し込んできた経緯や父親への嫌悪を踏まえると、どう考えてもそれはありえない。

けれど『役職・愛人』は冗談にしても、タウンハウスの離れに愛人たちが住むというのはなくはない気もするのだ。

(なぜならば、愛人の皆様を囲い、社会で生きる手段を奪ってきたのはランチェスター公爵家です。解体後の行き先がなかなか決まらなかった場合、皆様の意思に反してそのまま放り出すわけにはいきませんから!)

もしそういう事態になったとして、自分は彼女たちをまとめるルーシーのような存在になれるのだろうか。

(いいえ、どう考えても絶対に無理です。だって、皆様と私とではあらゆる経験値が違いすぎます!)

これでは、本妻なのに一番の下っ端になってしまう気がする。

女主人になるつもりなのに、ルーシーをはじめとした愛人たちに世話をされるのはしのびない。

加えて、前公爵はそのときお気に入りの愛人のところに足繁《あししげ》く通うらしいが、一応は下っ端のところにも申し訳程度には会いに行くのだとジェセニアが教えてくれた。

つまり、自分はディランと申し訳程度しか会えなくなるのだろうか。

(そっ……そんなのは嫌かも……しれません?)

「何を考えている?」

エイヴリルの思考がありえない方向に脱線し進んでいたところで、訝しげなディランの声で現実に呼び戻された。

よかった、呼びかけから察するに、今回は考えていることが口に出ていなかったようだ。

エイヴリルは慌てて笑みを作る。

「いいえ。何にも考えておりませんわ」

「いや、その顔はわけがわからないことを考えているときの顔だな。俺にはわかる」

「えっ」

思っていることが出てしまうのは口だけではなかったのか。

しまった、とばかりにエイヴリルは両手で頬を覆い、ごまかすために馬車の窓から見える景色に意識を飛ばした。

馬車は海沿いの道を走っている。ここ数日天気が悪かったが、今日は久しぶりに晴れた。

窓の外に見える海は、この街に到着した日の穏やかな光景とは違い白波がうねるような荒々しい姿をしている。

これはこれで美しく、ごまかすために窓の外に視線を移したことも忘れてエイヴリルは思わず見《み》惚《と》れてしまった。

そんなエイヴリルが何かを悩んでいると思ったのか、少し間を置いてディランが戸惑いがちに問いかけてくる。

「……もしかして、俺が別棟に行くのが嫌なのか？」

「……」

ディランなりに、会話の流れからエイヴリルが何を心配しているのか考えてくれたのだろう。

しかし、当たっているような当たっていないような。

少なくとも、王都のタウンハウスに愛人たちが暮らす別棟を復活させるのはやめてほしかった。

「いいえ、ディラン様が別棟の解体に向けてヒアリングをされるのはお仕事ですから、気にすることはありません」

「……仕事なら、か」

若干意味深にも思える相槌《あいづち》に、エイヴリルはぱちぱちと瞬く。

きっと、今ディランは愛人たちの今後のことを考えているのだろう。

ということでエイヴリルも、ディランが王都のタウンハウスにやってくることになった愛人たちに『適材適所』で任せる仕事を検討しているところを想像してみる。

自分の想像がおかしな方向に行ってしまっていることはわかっている。

けれど、やっぱり『役職・愛人』しか思い浮かばなかった。

（やはり……私にも愛人の皆様をまとめられるほどの貫禄《かんろく》と経験値が必要ということでしょうか！）

しかしちょっと待ってほしい。

前公爵の別棟をまとめるルーシーは、大人の魅力がある素敵な女性なのだ。

彼女をお手本にして皆をまとめ上げるのなら、エイヴリルも大人の女性――例えばわかりやすく言うと悪女のような余裕のある女性、だと思われなくてはいけない。

しかし、ディランだけでなく別棟の愛人たちも皆、エイヴリルが悪女などではないと知っている。

さっき前公爵を煙《けむ》に巻いたような悪女の振る舞いは通用しないのだ。

つまり、エイヴリルの頭の中では、貫禄も経験値もない自分は一番の下っ端になることが決定してしまった。それは申し訳程度にしか会えない存在である。

となると、答えは一つしかない。

勝手に一人で敗北感に包まれたエイヴリルはしょんぼりと微笑んだ。

「……お仕事以外での訪問が嫌ではないといったら嘘になりますが仕方がありません。その場合は私とも一緒に過ごしていただけると……」

「………」

間があいたので顔を上げると、ディランはなぜか口元を押さえていた。そして。

「エイヴリルはいつも百点満点の答えばかりを寄越《よこ》すな。狡《ずる》い質問だとわかっていながら聞いた俺が悪いが……罪悪感がすごいんだが」

「？　よくわかりませんが、私にはルーシー様のような包容力もセクシーさもありません。皆様をまとめるのにはどう考えても力不足ですので」

「は？」

ディランが自分に「君は一体何を言っているんだ?」という視線を向けてきたのは久しぶりのことのような気がする。

けれど、その視線はかつて感じていたような怪訝《けげん》そうなものではない。何かを愛《いと》おしむような笑みを含んだ、優しいものだ。

そう思った瞬間、ふと空気が止まった気がした。

隣に座っていたはずのディランの距離が幾分近づいているような。たまに優しく抱きしめられるときとは少し違う緊張感がある。

エイヴリルがこの距離に反応するよりも早く、いつの間にか座席の上では二人の手が重なっていた。

いつもとどこことなく違う雰囲気に数度瞬《まばた》いたところで、微笑むディランの空色の瞳の中に、自分が映っているのが見える。

(ディラン様、お顔が近い…というかドキドキします)

なぜなのかはわからないがいよいよ緊張が高まりそう、というところで馬車が停《と》まった。

ちょうど街の写真館に到着したようである。

先に後続の馬車から降り、出迎えようと準備をするクリスとグレイスの声が聞こえている。

そちらに一瞬意識を取られたところで、ディランの深いため息がエイヴリルのつむじにかかってどきりとする。

その後、エイヴリルにとても近いところでディランの声が響いた。

「……もう、着いたのか」

どういうことなのか、さっき前公爵を『あいつ』と呼んでいたときと同じ、『公爵様』らしくない声音だった。

「は、はい。そのようです」

答えたときにはいつもと同じ距離感に戻っていた。

今のは何だったのだろうか。何が起こったのかわからないエイヴリルに、ディランはさらりと告げてくる。

「ということで、テレーザをとっとと捕まえて王都のタウンハウスに戻ろう。別棟の問題も、前公爵も、すべてにおいて面倒だ。可及的速やかに解決したい」

「ディラン様、私に先に一人で王都へ戻れとは言わないのですね」

「ああ。――前なら簡単に言ったと思うが」

(……前なら、ですか?)

すると、ディランは照れたように目を逸らして告げてくる。

「今は嘘でもそんなことは言えないな。それは俺が嫌だ」

「!」

エイヴリルが息を呑《の》むと、がちゃんと音がして馬車の扉が開く。

すると、潮の香りを含んだ海風が吹き込んできた。肌にまとわりつくような風の感触に、海のそばに来たことを実感する。

先に降りたディランがエスコートのために手を差し出してくる。

けれど、いつもの光景なのに、それを見てエイヴリルは目を瞬くばかりだった。

さっきまでの距離感のせいか、心なしか心臓がドキドキしているように思えてしまう。

(今日はディラン様のお母様にお送りするための写真を撮るのです)

だからエイヴリルは仕立て上がったばかりのウエディングドレスを着るし、ディランも結婚式と同じ正装をする予定だ。

そこでふと思い出す。

(そういえば……結婚式ではキスをするのですよね。以前アレクサンドラ様がおっしゃっていたように、頬ではなく唇に)

一度目の結婚式のときはそれを何とも思っていなかった。

むしろ、ディランが気を遣って雰囲気でなんとかしてくれるとまで思っていた節がある。

けれど今は。

写真館の入り口までエスコートしてくれるディランの横顔を見上げれば、全身が心臓になってしまったようだった。

(何だか落ち着かない感じがして……今さらですが、逃げ出したいように思えてしまいそうです)

第二章◆悪女と豪華客船

写真館での撮影は無事に終わった。

結婚式さながら、ウエディングドレスに袖を通し、身支度を完璧に整えたエイヴリルをディランは何度も褒めてくれた。

しかし残念なことに、子どもの頃から褒められ慣れていないエイヴリルとしては、どう応じるのが正解なのかわからない。

「――本当に美しい。結婚式がさらに楽しみになるな」

撮影と着替えを済ませ、写真の現像が終わるのを待っていたら、日が落ちかけるほどの時間になってしまっていた。

そうやって出来上がった写真を眺めながらまた褒めてくれたディランに、エイヴリルは申し訳なさとくすぐったい気持ちの両方を覚えていた。

(こんなふうに、私だけが褒められていいのでしょうか。いいえ、そんなはずがありません)

もちろん、着飾った女性がいたら言葉の限りを尽くして大袈裟にでも褒めるのが貴族のマナーだと知ってはいる。

けれど、ディランは自分をちょっと褒めすぎではないのだろうか。

ということで、エイヴリルはせめて同じように褒め返したい、とばかりにディランの正装姿について感想を伝えることにする。

「ディラン様も白いタキシード姿がよくお似合いです。まるで神のような美しさと存在感ですね！このディラン様の隣に並んで写真を撮れたことがとってもうれしいです。きっと、お母様もお喜びになるはずです」

「……ああ。だが、この写真の主役はエイヴリルだ」

「……」

さらりと流されてしまって、何だか納得いかない気持ちになる。

エイヴリルにとって写真の主役はディランだ。だって、見るからに聡明《そうめい》で美しく優しい、完璧な旦那様なのだ。それなのに主役を譲られてしまった。解せない。

写真館の個室には、ランチェスター公爵家一行のほか店主や数人の従業員がいる。この時間帯を貸し切っただけあり、皆が澄ましきった顔で若き公爵夫妻の会話を見守っていた。

（ディラン様の素敵なところは、この白いタキシードスーツ姿だけではないのです……）

この写真館で働く人々は皆、領民に違いない。

彼らがディランを慕っていることは見ているだけで本当によくわかるのだが、エイヴリルは、睡眠時間を削ってまであらゆることに奔走するディランをずっと見てきたのだ。

ついあれこれを詳細に説明したくなってしまい、ディランに向き直り口を開く。

「ディラン様の素敵なところは、領民の皆様のことを第一に考えていらっしゃることです」

「？　エイヴリル？」

ディランがギョッとした気配がする。けれど、エイヴリルは続けた。

「ディラン様は領地入りされてから、ずっとお忙しくご苦労が多いと存じます。ですが、私は領民の皆様と接するときにディラン様がお見せになる笑顔が大好きです。……この場所を、人を、とても大切にしているのが伝わります。この写真の笑顔が素敵なのも、きっとこのカメラの向こうには写真館の店主さんがいらっしゃって幸せだからで」

「いや写真の笑顔に関しては違うのだが？」

ディランの突っ込みと同時にクリスが噴き出してしまった。

なぜだ、と首を傾げれば、ディランは呆れたようにエイヴリルの手を取る。

「エイヴリルの鈍さに先回りして伝えておく。確かに俺は領地と領民を愛し、大切にしているが、君のことはもっと深い意味で愛している。その思考がどうしようもなくかわいらしいところや、そのほか君をかたちづくるもの全部が対象だ。だから、この写真では笑顔なんだ。わかるな？」

「……はっ、はい……？」

ディランの口調はヤケクソ気味だった。

しかしエイヴリルの方も、そこまで言われてしまうと、この写真館に到着したときのドキドキがまた戻ってくる。

（こっ……これは、何か失敗したようです？）

すっかり顔を赤くしたエイヴリルだったが、見守っている人々も同じようだった。

何とも言えない空気の中、エイヴリルは出来上がった写真に準備していた手紙を添え、北の地で暮らすディランの母へと写真を送ったのだった。

(結婚の約束をしたときが一番幸せなのかと思いましたが……。毎日、一番の幸せが更新されていく気がします。こんなに幸せで本当にいいのでしょうか……！)


そうして地に足がつかないふわふわとした感覚のまま写真館を出たのだが、次の瞬間にはエイヴリルは感嘆の声を上げていた。

「わぁ！　すごいです……！　さすが異国との交易が盛んなマートルの港、活気があります！」

この写真館は特に港の近くにある。

大きな荷物を持って船に乗り込もうとする人々や、これから船に運び込まれていくのであろうたくさんの積荷《つみに》でごった返し、賑《にぎ》やかだった。

時折異国の言葉も聞こえてきて、港町が初めてなエイヴリルにはとても新鮮に感じられる。

そして、今日は特別に大きな客船が港に停泊していた。それが目に入った途端、いよいよ興奮が抑えきれなくなってしまう。

「こんなに大きな客船を見たのは初めて……というか本物の船を見たのが初めてです！　まるで宮殿が海に浮かんでいるようですね！　一体どこから来て、どちらの国まで行かれるのでしょうか！

この船での旅を想像するだけでわくわくします」

「これはブランヴィル王国に隣接する国々を結ぶ客船だな。この港に出入りする客船の中でも特に大きく豪華な造りで、富裕層の旅行用にも利用されることが多いんだ」

「もしかして、ディラン様も？」

「何度か乗船したことはある」

ディランの言葉に、エイヴリルは瞬いた。

（さすがランチェスター公爵家です……！　異国とも行き来をして繋がりを持っていらっしゃる。こうした客船に乗り慣れているのも当たり前のことなのですね）

知らなかった世界に胸の高鳴りが抑え切れないが、この夢のような豪華客船を見ていると、ある心配事が脳裏をよぎった。

きっとディランも同じことを考えているのだろうとは思いつつ、遠慮がちに聞いてみる。

「異国と行き来をする船……。以前から気になっていたのですが、この港に停泊する船の中にテレーザ様が隠れていらっしゃるということはないでしょうか。ローレンス殿下がいらっしゃっているだけの警備や捜索の厳重さを考えると、この後テレーザ様が街の中で見つかる可能性は限りなく低いように思います」

「その通りだ。実際に、街の中のみならず船についても捜査を進め、あと捜査していないのはまさにこの客船の中だけなのだが……ここは異国に通じる国際港だ。外国籍の船に関しては、捜査の権利がない」

「捜査したくてもできない、ということですね」

「ああ」

エイヴリルの言葉にディランが真剣な顔で頷いた。

改めて、ディランが指差した豪華客船を見上げてみる。

十階近くあるのだろうか。

『ヴィクトリア号』と書かれた白い船体に赤い煙突が三つ。

乗船客も相当に多いらしく、デッキでくつろぐ人々の賑やかな声が聞こえてくる。

「前公爵が領地を治めていたころのランチェスター公爵家は、外国籍の船へも多少は影響力を持っていたようだ。もちろん、他国との間に結ばれた条約は侵せない。任意に譲歩を引き出すという意味での影響力だ」

「なるほど。前公爵様はこういった豪華客船の遊び場にも出入りしていらっしゃいそうですものね」

「そうだな。豪華客船にあるカジノや特別な舞踏会に参加したくて、いろいろやっていたらしい」

そこまで遊びたい領主も珍しいのではないだろうか。

それを見て育ったディランの子ども時代を思い浮かべ、切ない気持ちになったエイヴリルは湾の海面に視線を移した。

（乗客の皆さんは楽しそうですが、海は荒れていて湾の中なのに白波が見えますね）

エイヴリルは少し考えて進言する。

「ならば、このヴィクトリア号には乗客として乗船するのはいかがでしょうか？」

「この地を治める公爵とその婚約者が乗船したとなればすぐに話が回るだろう。……つまり、誰か他人を装うというのか？」

「はい。こちらにはローレンス殿下がついていらっしゃいますもの。身分を偽ることなんて簡単です。幸い、今は海が荒れていてまだ数日は出港しないでしょう。準備する時間はあるのではと」

先日の仮面舞踏会同様、潜入を提案するエイヴリルの言葉にディランは首を振る。

「とてもいい案だが却下だ。もしやるとしても誰か他の人間に行かせる」

「誰ですか。グレイスとクリスさんですか」

「まぁその辺だ」

目を逸らされてエイヴリルは確信した。

(もしかしてディラン様は、クリスさんとお二人でこの豪華客船に乗船されるおつもりでしょうか……!?)

ふざけている場合ではないのはわかっている。

けれど、正直なところうらやましくて涙が出そうだ。

なぜなら、ずっとアリンガム伯爵家で隠されるようにして生きてきたエイヴリルは、海を見るのが初めてだったし、そこに浮かぶ豪華客船を見るのも初めてなのだ。

今だって、本当はとっても興奮しているし、もっとこの船に近づいてみたいし、船が出港するところを見てみたい。

(それに、これは私たち二人がローレンス殿下に頼まれたお仕事です。人任せにするわけにはいきません……！)

ということで、しっかりと決意したエイヴリルは問いかける。

「このヴィクトリア号はどちらの都市に寄港するのでしょうか」

「ブランヴィル王国の港に寄港するのは次のコイルが最後だ。一晩かけて、ここマートルからコイルに向かい、その先は外国へと出航し長い船旅になるはずだ」

「なるほど。つまり、捜査ができるのは一晩だけということですね」

「まぁ、一応はそういうことになるな……」

ふむふむと頷けば、ディランは顔を引き攣らせ言葉を濁している。

しかしエイヴリルは気にしない。心配してくれるのはありがたいが、もうすぐ公爵夫人になる身として、王太子殿下に頼まれたことはきちんと最後までやり遂げたいのだ。

「ディラン様。ついさっき、結婚式の格好をして写真も撮りましたし、これは新婚旅行のようなものですね。これは新婚旅行です。潜入捜査ではなく、新婚旅行。ローレンス殿下が準備してくださった、一晩だけの新婚旅行です！」

「……エイヴリル、本気か……」

四回も新婚旅行と言い無邪気な笑みを浮かべたエイヴリルに、ディランは諦めたようにこめかみを押さえてしまった。

これはもうＯＫが出たようなものだろう。

そうなると、絶句したディランの代わりに、様子を見守っていたグレイスが耳元で囁《ささや》くのだった。

「お屋敷に戻ったら早速荷造りを。然るべきとき用のナイトドレスもお持ちしましょうか」

「!?　い……っ、要りません!?」

そこからは早かった。

ディランがその日のうちにローレンスに乗船に必要な書類を頼めば、ローレンスはどこかに頼んで前のめりで準備してくれた。

翌日にそれが届いてその日の夕方。

つまり、わずか一日後にはエイヴリルとディラン、クリス、グレイスの四人は港で乗船客が検査を待つ行列に並んでいた。

「こんなに早く支度が整うなんてびっくりしました。王太子殿下の権力と人脈は本当にすごいですね……!」

「この船が予定より長く停泊していたのは、数日前から嵐が来ていたせいのようだ。天候も回復したし、あまりのんびりしていたら船が出港してしまうのをわかってくれたんだろう」

ディランの答えにうんうんと頷き、真剣な表情をしようとするものの、エイヴリルはどうにも表情が締まらなかった。なぜならば。

(船に乗るのが楽しみですし、これは新婚旅行なのです……!)

いつものことだが、公爵でも領主でもあるディランはものすごく忙しい。

王都のタウンハウスに戻った後も、結婚式を挙げる時間ぐらいは捻出できるだろうが、新婚旅行に出かけるのは難しいだろう。

ランチェスター公爵領に来るのも旅行気分で楽しかった。

そこから、まさか本当の旅行に出かけられるとは。

(これはお仕事です。ですが、私の知らなかった世界がたくさんあってとっても楽しいです)

潜入捜査など、普通の貴族令嬢なら足が震えてもおかしくなかったが、どんなことにもそんなに動じないエイヴリルの強めなメンタルは、こんなところでも役に立っていた。

わくわくしながら周囲を見回していると、ディランが小声で確認してくる。

「エイヴリル。設定はわかっているな?」

「はい。私たちは結婚したばかりの若い子爵夫妻で、マートルの街へは挙式のために訪れていました。青い空と海をバックに素晴らしい結婚式を挙げた後、王都近くまで船で戻るために乗船するのです。この一晩、しっかり『新婚旅行中』の初々しい夫妻を演じます!」

「……それ、演じる必要はあるのか?」

ディランの呆れたような声とともに、背後でクリスが噴いたのが聞こえる。確かに、それはそうな気もする。

(そういえば、私たちも初々しい夫婦ですね……? 正式な式はまだですけれど、演じる必要はないかもしれません)

そんなことを考えている間に、乗船の手続きが終わったらしい。

係員が上品な笑みを浮かべ、乗船券に書いてあるのと同じ名前で呼んでくる。

「ブロウ子爵夫妻、ヴィクトリア号へようこそ」

「ああ。荷物を頼めるか」

「仰せのままに」

そのやりとりを見ながらエイヴリルは浮かれていた気持ちをスッと引っ込め、背筋を伸ばした。

(初めての海と航海に浮かれてばかりいましたが、ここからはしっかりしないといけません……!)

エスコートをしてくれるディランの腕をしっかり掴み直すと、ディランはエイヴリルを見下ろして微笑んでくれた。

いつも通りで、心強い。

「……ディラン様、初々しい夫婦ごっこ、楽しそうですね」

クリスの声がしたが、エイヴリルは『ディラン様も、実はちょっと豪華客船に浮かれているのですね!』と違う方向に納得したのだった。


それから少しの後、エイヴリルは目の前に広がる光景に目を瞠《みは》っていた。

「わあ……素敵です……!」

急いで乗船券を予約したはずだが、タイミングよくスイートルームが空いていたらしい。

船の中とは思えないほどに広いリビングとベッドルーム、バスルームで構成されたこの部屋は、エイヴリルにとっては完全に海の上に浮かぶ宮殿だった。

そして今、エイヴリルが立つバルコニーからは一面に広がる青い海が見渡せる。

まだ港にいるのにこれだけ素晴らしいのだ。出港したらどんなに心が躍ることだろう。

（……って、いけません。私はここにお仕事で来ているのです！）

ぶんぶんと首を振るエイヴリルに、ディランが教えてくれる。

「ローレンスに潜入のことを伝えたら、新婚旅行のようなものだなと言って手を回したらしい。もちろん身元がわからないように何重にも遠回りをしてのことだろうが」

「ディラン様もこれは『仕事だ』と返さなかったのですね。だからこうしてこんなに素敵なお部屋が」

「……四回も『新婚旅行です』と言われたら、まぁそれはな……」

何となく決まりが悪そうに口ごもってしまったディランに、エイヴリルはくすぐったい気持ちで微笑んだ。

「ありがとうございます、ディラン様！　本当の新婚旅行だと思って楽しんでしまいそうです」

「事前に打ち合わせした通り、実際の捜査に関しては連れてきている他の人間が動く。エイヴリルとグレイスは女性が多く出入りする場所――カフェやサロンなどにテレーザが姿を現すことがないか見張ってくれていればそれでいい。危険なことはしないように」

「はい、ディラン様！」

元気いっぱいに返事をしたのだが、ディランはなぜかため息をついている。

何か不安があるのだろうか、と首を傾げればディランは真剣な視線を向けてきた。

「いいか、エイヴリル。テレーザを捕まえることも大事だが、君の身の安全の方が大事だ」

「はい、よくわかっていますわ！」

また元気いっぱいに返事をしたのだが、ディランはさらに不安になったようだった。

バルコニーにいるエイヴリルからは数歩離れた部屋の中で話していたはずが、隣に並んでまた念押ししてくる。

「……王都に戻ったら予定通り結婚式がある。そのために一番大事なのはエイヴリルが危険な目に遭わないこと、ただそれだけだ。捜査に関しても無理をせず、この船旅を楽しんでくれていい」

それはつまり、一応エイヴリルを連れてきたけれど、捜査に深く関わらせる気はない、という意思の表明だった。

(やっぱり、ディラン様は私のためにこのヴィクトリア号に乗船する許可をくださったのですね。私が新婚旅行だと騒いだから)

「私はお仕事をするディラン様と一緒にいられて楽しいです」

「……本来は必要がない仕事だったがな」

自嘲気味の返答に、エイヴリルは目を瞬く。

そうして、つい先日、ローレンスとアレクサンドラがランチェスター公爵家の本邸にやってきた日のことを思い出した。

あの日は、ディランはローレンスだけに落ち込んだ姿を見せていた気がする。

(ディラン様は……少しだけ私にも弱音を吐いてくださるようになったかもしれません)

見つめあっていると、ディランの腕がエイヴリルの背中に回った。

抱きしめられて胸元に顔を埋《うず》めれば、いつものディランの香水に潮風の匂いが混ざって新鮮な感じがした。

正式な婚約者になってすっかり慣れたと思ったのに、とてもドキドキする。

「私……顔が赤くなっていないでしょうか」

「？」

「新婚旅行中の夫婦を演じるのに、お手本がないのです」

悪女ならばコリンナ、状況によってはアレクサンドラを手本にしている。

けれど、幸せそうな新婚のカップルに関しては思い浮かぶものが何もないのだ。

幸せな家族の風景は物語の中でしか知らない。

ちなみに、ローレンスとアレクサンドラが醸し出す雰囲気が一般的なものではないというのは何となくわかる。

困惑しつつディランを見上げれば、彼は少しの間をとって軽く微笑んだ。

「……大丈夫だ。エイヴリルはそのままいつも通りでいてくれれば、俺がうまくやる。というか、自然にそうなるから大丈夫だ」

「なるほど」

「では新婚旅行といこうか？」

（はい……って、わぁ）

ディランはそのままエイヴリルの手を取って指先に口づける。

そうなってしまえば、エイヴリルはまた結婚式のことが思い浮かんで、ドキドキしたのだった。

それから一時間ほど経って、ヴィクトリア号は無事に出港した。

航路を横断した嵐のせいで数日間足止めされていたせいか、客も船員も皆浮き足立っているのが伝わってくるほどの賑やかさに包まれている。

熱気に包まれて最上階のデッキから出港を見届けたエイヴリルは、わくわくをなんとか堪《こら》えた。

港では見送りの人々が大勢詰めかけているが、エイヴリルたちはそれどころではない。

今夜の準備をしなければいけなかったのだ。

今日の夜はマートルの港を出港したお祝いに、盛大なウェルカムパーティーが開かれることになっている。

派手好きのテレーザのことだ。

もし誰かに匿《かくま》われてこの船に隠れているとすれば、姿を見せる可能性がある。

「――捜査の手が及ぶ可能性があるマートルの港から無事に出港できて、気持ちが大きくなっているかもしれない。狙い目だし、明日の朝にはコイルの港に到着する。このパーティーが最大のチャンスだ」

(しっかりと準備をして臨みましょう!)

ディランから囁かれた言葉に、エイヴリルはしっかりと頷いた。

船室のクローゼットでグレイスに身支度を整えてもらったエイヴリルは、鏡の中の自分に驚く。

「こ、これが私でしょうか……？」

「はい。とってもお綺麗ですね。ディラン様もお喜びになるのではと」

グレイスも満足げに一緒に鏡を覗き込んでいる。

そこに映っていたのは、いつもと違う自分だった。

ディランがエイヴリルのために準備してくれたのは、デコルテが綺麗に見えるVネックデザインの淡いピンク色のドレスだった。

肩回りは大きく開いているものの、レースの袖がついているので上品な仕上がりになっている。

ドレスに合わせて髪型はグレイスがアップにしてくれた。

サイドが編み込まれているほか、ピンク系の花の髪飾りがとても華やか。

まさに、前公爵が好みそうな『大人しく清廉な令嬢』の姿である。

「ディ、ディラン様はいつの間にこんなドレスを準備してくださっていたのでしょうか？」

「ほかにもたくさんあります。ただ、エイヴリル様がいつも同じドレスばかり着ているだけで。ちなみにエイヴリル様の目に触れる帳簿には記していないそうです。見つかると返品される可能性があるからと」

「…………」

もう契約結婚ではないので、契約満了時にもらうはずだった慰謝料の減額を気にする必要はないのだが、ディランの推測は当たっている気がする。

(ディラン様が察していらっしゃる通り、私に贅沢は向いていないのです。こんなに綺麗で繊細な生地……絶対に座れないし食べ物は何も口にできませんね)

完全にしみついた使用人メンタルで、このドレスを汚した場合の染み抜きはどうしたらいいのか考えていると、同じように準備を整えたディランがやってきた。

そして、エイヴリルを一目見ると呆然《ぼうぜん》としたように声を漏らす。

「……写真館に戻りたいな。この姿も残したい」

「ふふふ。戻れたらいいですね。でもここは海の上なのです」

ディランはいつも貴族的な褒め言葉を投げかけてくるのに、今日はあまりにも普通の感想だった。

エイヴリルは別に気にしなかったのだが、クリスとグレイスは楽しそうにニコニコ笑っている。

「ディラン様、余裕がなくなっていませんか」

「……うるさい、クリス」

そんなやりとりを聞きながら、会話の意味をあまり気にしていないエイヴリルはひらりと大きな紙を取り出した。

頬を染めていたディランがすぐに切り替えて問いかけてくる。

「それは？」

「先ほど、コンシェルジュの方にお願いしていただいたヴィクトリア号の船内図です。避難経路を案内するために、とても詳しく書かれていて助かりますね」

「仮面舞踏会に潜入したときも似たような展開になったな。あのときエイヴリルは、エントランスの館内図を丸暗記していたんだったか……今回も隠し部屋があるなんてことはないだろうな」

「それが、どうも気になるところがあるのです」

「………………。」

ディランが明らかに不安というか嫌そうな顔をしたが、エイヴリルは船内図をトンと指差し、話し始める。

「この船内図には三等船室がないのです。普通、デッキより下は二等船室と三等船室がたくさんあるはずです。それなのに、三等がなくて二等の区域が不自然に広いのです」

「そういうことか。だが、このヴィクトリア号は移動手段でもあるが、それ以上に富裕層の遊び目的というところが大きいし、使用する一般客も経済的に余裕のある層が多い。前公爵が繋がりを持っていたようにな。だから、三等船室が存在しなくても不思議ではない」

「なるほど、そうでしたら三等船室がなく、代わりに二等船室が普通より多く造られているのもおかしくありませんね」

「ああ……だが、念のために調べたほうがいいな。万一ということがある。地下一階の二等船室区域は別の人間に行かせる」

地図に記されていない、人が隠れられるようなスペースがあるのではと推測するエイヴリルの意見を、ディランはすぐに理解し受け入れてくれたようだった。

それから不思議そうに聞いてくる。

「しかし一般的な船室の広さをどうやって知ったんだ？」

「昨日、楽しみすぎて豪華客船の構造について書いてある本を一気に読んでしまいました！　船の造りからエンジンの動かし方まで、とっても興味深かったです！」

目を輝かせて答えたエイヴリルに、ディランは気の抜けたような顔をした。

そしてグレイスに早口で命じる。

「今度はクルーズ旅行をテーマにした恋愛小説をエイヴリルに渡してやってくれ。できるなら悪女が出ていないものを頼む」

「？？？」

エイヴリルは、グレイスが「かしこまりました、旦那様」と応じるのを見つめながら首を傾げる。

すると、ディランの顔が斜め上からずいと近づいた。

息がかかりそうな距離に心臓が跳ねるが、ディランの表情は、ほんの少し拗《す》ねているように見える。

「……せっかくの新婚旅行なのに、船の構造ばかり考えて楽しそうにしているからだ」

「あっ！　も、申し訳ありません？」

慌てて謝るエイヴリルに、ディランは拗ねたような表情を引っ込めていつもの公爵様らしい顔に戻った。

「ウェルカムパーティーでは私のそばに。今日は新婚旅行中のブロウ子爵夫妻になりきる。今ので、予定変更だ。エイヴリルには頑張ってもらうことに決めた」

「……？」

ついさっきまでは「君の身の安全の方が大事だ」とか「船旅を楽しんでくれていい」とか言っていたのに、一体どういうことなのだろうか。

（もちろん、私もローレンス殿下に頼まれたお仕事を頑張るつもりではいるのですが！）

――その答えは、すぐにわかることになる。

メインダイニングへと続く大きな階段を下りたエイヴリルは目を瞬く。

「ディラン様。私、こんなに広くて煌《きら》びやかな船、初めてです……！　いいえ、船に乗ること自体が初めてなのでこの表現は正しくないかもしれません。ですが、とにかくわくわくします！」

ヴィクトリア号のメインダイニングは五階分の吹き抜けのなかに造られているようだった。

天井がとんでもなく高く、船の中とは思えないほどに開放感がある。

そのメインダイニングでは立食形式のパーティーが行われていた。

吹き抜けに響き渡る管弦楽の演奏と、会場を照らすいくつもの明かり、たくさんの人々の話し声は別世界のような華やかさである。

とても賑やかなパーティー会場であちこちに目移りし、ついきょろきょろと落ち着かなくなってしまったエイヴリルを見て、ディランは穏やかそうに目を細めた。

「エイヴリル。手をこちらに」

「？　はい？」

エイヴリルはディランの肘を摑んでいたはずなのだが、なぜか急にその肘がなくなってしまった。代わりにディランが反対側の手を差し出してきたので、その手を取る。

瞬間、腰のあたりに手を添えられたのがわかった。

「……ひゃっ⁉」

思わず声を上げてしまったエイヴリルに、ディランがおかしそうに笑う。

「エイヴリルは初々しい妻役としてぴったりだな」

「……⁉」

いつの間にか、いつもの肘に摑まる正式なエスコートの姿勢ではなく、男性が女性の腰に手を回す、特に親しい仲で選ばれるカジュアルなエスコートの姿勢になっていた。

もちろん、エイヴリルにとって初めてのことだ。

(ディラン様は揶揄っていらっしゃいますね……⁉　私がこういうことに慣れていないとお思いで！)

それは確かにそうなのだが、新婚旅行中の仲睦まじいカップルを演じろというのなら受けて立ちたいと思う。

しかも、乗船したときに新婚旅行中の夫婦に見えるのかと心配したエイヴリルに向けてディランは「自分に合わせて振る舞えば自然とそう見える」と言っていた。

まさかこの歩き方もその一つなのだろうか。

ならば、応じなくてはいけない。

(さっきディラン様がおっしゃっていた「エイヴリルには頑張ってもらうことに決めた」ってこのことですね!? ですが、私は一時でも悪女を演じていたのですから大丈夫です。ここでその経験を活《い》かすべきです!)

いつもより近くてドキドキするなんて言っていられないのだ。

しかし覚悟を決めた瞬間に、力が入りすぎてディランが進もうとするのとは別の方向にぐいと一歩踏み出してしまった。

反射的に抱き寄せられることになってしまい、エイヴリルは心の中でまた悲鳴を上げる。

(ひゃあ!?)

「……大丈夫か」

「無理です」

うっかり即座に答えると、自分の顔がものすごく赤くなっているのがわかる。

さっき、船室で抱きしめられたときの比ではない。

気まずくて視線を落とせば、ディランがくつくつと笑っているのが振動で伝わってくる。

「……ディラン様!?」

「すまない。君がかわいくて」

「⁉　笑わないでください。わ、私だって一生懸命エスコートしていただいていまして」

「だから、かわいいから笑っているんだ。別に馬鹿にしているわけではない」

「あっ……ありがとうございます？」

ディランが顔を寄せてとんでもないことを言うので、思わず声を上げてしまいそうになったが一応お礼は伝えておく。

そこで、ディランはエイヴリルの口に人差し指を当てた。

「静かに」

「⁉」

「ここから三時の方向を見るんだ」

一瞬また心臓が跳ねたが、そういう場合ではないのはわかった。

周囲の人々は、エイヴリルとディランのことを顔を寄せ合って話す仲のいい新婚夫婦だとしか思っていないだろう。

けれど、二人の間には緊張が走っていた。

（三時の方向……ってあれは！）

「見えたか？　あの柱のところにトマス・エッガーがいる」

「トマス・エッガーさんというと、私たちに情報をくださった方ですよね」

エイヴリルとディランが立っている場所から三時の方向、ちょうどエイヴリルから死角になっていた方向に見覚えのある男がいた。

彼はパーティーに出るのに相応《ふさわ》しい盛装をして、会場を見回している。

例の仮面舞踏会では赤みがかったブロンドを一つに結んでいたが、今日は下ろしていた。仮面舞踏会でも彼の素顔をはっきりと見たわけではないが、その背格好には確かに覚えがある。

（以前、ディラン様と一緒に潜入した仮面舞踏会でお会いした方です。確か、ディラン様はあの方のお名前を知りたがっていらっしゃいました。それを私がチェスで対戦して勝ってしまった結果、どなたなのかわかったという経緯があります）

思い返せば、あれはコリンナの元彼に出会ったことに始まり、ミラクルの連続だった。

つい振り返りたくなってしまったが、残念だが今はそういう場合ではない。

陰に隠れてトマスの姿を確認したエイヴリルは、ディランを見上げる。

「麻薬取引への関与が疑われる仮面舞踏会にあの方がいらっしゃったことと、今、麻薬取引に関わっていたテレーザ様が逃げ込んでいるかもしれないこの船にあの方がいらっしゃること。この二つは偶然でしょうか」

「残念なことに、全くそうは思えないな」

ディランはにこやかに見えるが、声色は厳しい。

それに、エイヴリルはあの仮面舞踏会でトマス・エッガーと会話を交わしてしまっていた。

仮面はつけていたが、声を聞いたらこちらが誰なのかわかってしまうかもしれない。

（ブロウ子爵夫妻として来ているのに、いきなり作戦失敗の危機です……！）

ちなみに、エイヴリルが今日の髪型をアップスタイルにしてもらったのは、ドレスに合うという理由以外にもう一つ別の事情があった。

それは、コリンナが演じていた悪女のエイヴリルと間違われないためである。ドレスも清楚《せいそ》系のため、多少のことではばれないようになっているはずだった。

(コリンナは仮面舞踏会で悪女として有名でした。遊び相手は大体が貴族のご令息。もしかして、ここにも悪女コリンナ――いえ、悪女のエイヴリル・アリンガムを知っている方がいるかもしれませんから、その対策は万全です。でも、トマス・エッガーさんはとても鋭いというか、摑めないお方でした)

ここは当然、見つからないように人の波に紛れるのが正解なのだろう。

そう思ったエイヴリルの腰を支えるディランの手に心なしか力が入る。そして。

「エイヴリル。先に謝っておくが、驚かせてしまったら申し訳ない」

「？」

耳元で囁かれたので何事かと思えば、目の前にはトマス・エッガーがやってきていた。

エイヴリルとディラン――〝ブロウ子爵夫妻〟の前に立ったトマスは人好きのする笑みで話しかけてくる。

「この船では初めてお目にかかるご夫妻ですね。マートルの港から乗船を？」

「ああ。新婚旅行でね。とてもいい街でしたよ」

ディランが形ばかりの笑顔で応じたが、エイヴリルは微笑むだけにしておいた。

（私はお話しせずにただ微笑んでいることに徹したほうがよさそうです……！）

思ったことがすぐに口から出ることがあるのはエイヴリルの悪い癖なのだ。この場は、俯《うつむ》いて静かに過ごした方がいいだろう。

「私はモローと言いまして、商人をしています。この船には商いのために乗船しているようなものです」

「ブロウです。これだけの客船だ、いい商売になるでしょう」

（モロー……。トマス・エッガーさんも偽名をお使いのようですね）

ただ微笑むだけにした代わりに、ざっと頭の中の貴族名鑑をめくってみたが、該当しそうな家名はなかった。

ここはお互いに偽名らしい。

つまり、トマスの行動には何か裏があるに違いなかった。

ということで、絶対に自分があの日のチェスの相手だとばれてはいけない。

自分は初々しい妻初々しい妻初々しい妻、と心の中で唱えながら口を引き結び耐えるエイヴリルに、トマスの視線が向けられた。

「奥方殿のご出身はどちらで？」

「お、」

「妻は箱入り娘として育てられてきました。外で男性に直接話しかけられることに慣れていなくてね」

「！」

咄嗟《とっさ》に『王都に屋敷を構える男爵家の親戚筋に縁が』という設定を答えようとしたのだが、ディランがエイヴリルを抱き寄せて代わりに応じた。

ほっとした一方で、息が苦しい。

さっきまでこれ以上近づけないと思っていたエイヴリルとしては過酷すぎる状況である。

（あっ、あの！　……距離が近いを通り越して……むむむ無理なのでは！）

しかしなるほど、そういう設定なのか。男性に慣れていない箱入り娘ということなら、ほとんど喋《しゃべ》らなくてもおかしくない。

ディランの機転に感心したエイヴリルだったが、トマスは諦めずに話しかけてくる。

「船旅を楽しんでいらっしゃいますか」

「……はい」

なるべく声を聞かれないよう、空気を多めに吐き出しながら答えると、たどたどしいかすれ声になった。

自分でもいい感じだと思う。

しかし、この場をどうやって切り抜けたらいいのか。

（きっと、トマスさんは私たちに見覚えがあって疑念を確証に変えるために声をかけてきたのです。それならば、私は悪女に見えないように振る舞わなければいけません）

悪女の対極ともいえる立ち位置の箱入り娘といえば、こちらもまたなぜかコリンナである。

もちろん、コリンナはエイヴリルの名前を使って外で遊び放題。実際、文字通り箱入りなのはエイヴリルの方だった。これでは参考にならない。他の手本が必要だ。

(初々しい妻。そして男性のことが苦手な箱入り娘で、ついでに声を聞かれてはいけない……！これは、アレクサンドラ様と真逆な振る舞いをすればよいのではないでしょうか！)

アレクサンドラは夫となるローレンスのことを『面倒くさい男』とバッサリ切り捨て、余裕たっぷりにエイヴリルの知らないことを教えてくれ、りんごがあれば握り潰す才媛だ。

(ということは、私はディラン様をとても頼りにし、知らないことがあれば自信なさげに聞き、りんごがあれば配ればいいのです)

顔を上げたエイヴリルは、早速ディランのジャケットの袖をぎゅっと握る。

これでとても頼りにしているように見えただろうか。

ちなみに、立食形式になっているこの会場のどのテーブルにもりんごはなかった。ならば、『頼りにしている』をさらに底上げしたい。

(この場合、不安げにディラン様に助けを求めるのがよさそうです！)

安易に答えを導き出したエイヴリルは、つま先立ちになり空いている方の手で口元を隠すようにしてディランの耳に唇を寄せた。

これはパフォーマンスだ。

トマスには聞こえないのだから何を言ってもいいのだが、何を言えばいいのか。

昨日学んだ船の知識でも披露するべきだろうか。

（そうですね。せっかく、こんな素敵なパーティーでディラン様と内緒話をするのなら）

ディランの横顔を至近距離で見たエイヴリルは、船の知識を直前で引っ込めた。

「さっきは、かわいいと褒めてくださってありがとうございました」

「!?」

「私も新婚旅行に連れ出してくれた——あなた、がとても素敵だと思いました」

名前を呼んでしまいそうになったのだが、万一聞こえていたときのことを考えて『あなた』に言い換える。

（うまくできているような気がします。これは、ものすごく初々しい妻っぽいのではないでしょうか……！）

一方のディランは、初々しい妻を演じて『王都のアッシュフィールド家で催された仮面舞踏会で出会った悪女』とは全く別の印象を与えようとしたエイヴリルの意図を、即座に理解してくれたようだ。

それなのになぜか動揺しているように見えるのがちょっとわからないところだが、もう少し喋りたかったエイヴリルはそこで終わらずに付け足した。

「——旦那様、愛しています」

ディランを揶揄ったわけでも、これまでに読んだどこかの本から初々しい妻っぽい言葉を引っ張ってきたわけでもない。

自然に出てきた心からの言葉だった。

言ってしまった後で、エイヴリルはハッと固まった。

(あれ。私は今何を言いましたか……！)

エイヴリルはディランに『愛している』と伝えたことがない気がする。

もちろん、日頃から感謝は伝えているし、幸せだ、大好きですと言ったことはある。たぶん。

けれど、この言葉は使ったことがない気がするのだ。

別に意図的なものではなくて、本当にただわからなかったから。

ランチェスター公爵家もディランも大好きなのだが、なぜか今までこの言葉は浮かんでこなかった。

ディランも大変に驚いたようで、トマスから視線を外し至近距離でまじまじと見つめてくる。

それを感じて、エイヴリルはとても反省していた。

(ディラン様のこの反応……どうやら、私は失敗したようです)

それが恋愛であるかどうかに関係なく、愛情に関わる感情の機微に疎いことは自覚している。

ディランの元に来ていろいろなことを知ったものの、まだわからないことも多いのだ。

トマスの手前、謝るわけにも行かなくて固まるばかりのエイヴリルに、ディランが優しい目をして問いかけてくる。

「今ここでそれを言うんだな」

「あっ……その、考えたことがそのまま口に出るのは私の悪い癖でして」

「考えたことがそのまま、か。なおさらうれしい気がするんだが？」

（うれしい、って……なるほど？）

小声で答えつつ、一気に頬が熱を持つのがわかった。

思えば、ディランの顔も赤い。たまに「照れているのかもしれない」と思うことはあるのだが、今日は明らかにそうだとわかる。

「私――、」

それを確かめるためにエイヴリルが両手で口元を押さえ、話そうとしたところで、すっかり置いてきぼりになっていたトマスが手を上げた。

「……新婚のご夫婦は本当に仲がよろしいことで」

見ると、トマスはこれ以上ないほど気まずそうに笑っていて、ハッとする。

（！　そうでした。こんなことをしている場合ではありませんでした！）

作戦としては成功なのかもしれないが、途中からすっかり本気になってしまった。

慌てるエイヴリルだったが、さすがにディランは一瞬で冷静になったようだ。流れるような仕草で、着ていたジャケットを脱ぐと、エイヴリルの頭に被《かぶ》せる。

「!?」

（ディラン様は一体何をなさるのでしょうか！）

視界が遮られて目を瞬くばかりのエイヴリルだったが、ディランの言葉が聞こえてきて納得する。

「申し訳ありません、ここで失礼させていただきます。妻のこんなにかわいい顔を初対面の方にお見せするわけにはいきませんから」

「ははは。おっしゃる通りですね。大変かわいらしい奥方でうらやましい限りです」

トマスがそう答えた瞬間、エイヴリルはディランの上着ごと会場に隣接したデッキに移動させられていく。

エイヴリルは足元の紺色の絨毯《じゅうたん》が木の床に変わっていくのを見つめながら、このパーティー会場に入ってきたときのことを思い出した。

(ディラン様が言っていた、驚かせたらすまない、とはこのことですか……！)

おそらく、元からディランは少しトマスと話した後、こうしてエイヴリルの顔があまり見えないようにしてこの会場から連れ出すつもりだったのだろう。

(トマス・エッガーさんがここにいらっしゃるということ自体想定外です。一旦退《ひ》いて作戦を練り直す必要がありますものね)

デッキに出たので被せられた上着をとる。

それをディランに返しながらふむふむと頷いていると、潮風に当たっているディランがぽつりと告げてきた。

「今が潜入中なのが惜しいな」

「……はい？」

エイヴリルが首を傾げれば、ディランは隣から見下ろしてきた。

日はすっかり落ち、海は真っ黒く悪天候で数日出港できなかったことなど嘘のように静か。

頭上には宝石箱のような星空が広がっている。

「さっきの言葉がもう一度聞きたい」

「あの」

（ええと）

すぐには言葉が出てこなかった。

ここまで移動する間に冷静になったはずなのに、また少し頬が熱を持ったのを感じる。

そんなエイヴリルを見て、ディランはなぜかさらに気を良くしたようだ。

デッキの手すりにもたれかかり告げてくる。

「俺はエイヴリルを愛している」

「はっ、はい……私もです」

反射的に答えたのだが、ディランはなぜか聞き流した。

「エイヴリルがありえないほど鈍いのは知っているんだ。俺への感情も、家族や動物に対する愛情と混同しているのではと思うことすらある」

星が瞬く夜空の下、とてもロマンチックな状況なはずなのに、どこからかクリスの噴き出す声が聞こえてきそうな気がするのはどういうことなのか。

おまけにディランも遠い目をしている。

自分のことながら、ディランの普段の苦労がしのばれる。

本当に申し訳ないと思う。ということでエイヴリルは頭を下げた。

「その節は……本当に申し訳なく」

「でも、さっきのは少し違った気がしたな」

「はい！　私も、言ってしまった後にとてもドキドキしました」

そう告げると、ディランと視線がぶつかる。

鈍いエイヴリルですらわかるほど、ここで甘い空気になる場面なのはわかったが、残念ながら今はテレーザを見つけるために船に乗っているのだ。

ディランもそれを十分にわかっているらしい。

エイヴリルの髪を撫《な》でると、名残惜しそうにして話題を変えた。

「……しかし、よくやったな。仮面舞踏会でエイヴリルは悪女として一応は名を馳《は》せたところだった。さっきのエイヴリルが、あの仮面舞踏会でチェスで勝ちを重ねた悪女と同一人物だとは思えないはずだ。ましてや初対面だ、もう話しかけてこないだろう」

「えっと、トマスさんが私たちを仮面舞踏会にいた人間ではないと判断したと思っていいということでしょうか？」

「ああ。もし疑っていたとしたら後をつけてくるはずだが、それもない」

ディランがパーティー会場との境界にある扉に目をやる。

そこにはクリスがいて、ニコニコと微笑みながら首を振っていた。怪しい人間はつけてきていないということだろう。

「この後、俺はまた会場に戻ってテレーザがいないか捜す。エイヴリルは部屋に戻って休んでいるといい」

「いえ、私も一緒に」

そう伝えると、ディランは今エイヴリルが返したばかりの上着を広げ、肩にかけてくれた。

夜風に当たってひんやりとしていた肩に温《ぬく》もりを感じ、そしてふわりとディランの香りがする。

「さっきので思った。こんなに魅力的な格好をした君をあまり人の目に触れさせたくない」

「……なるほど、わかりました？」

ぱちぱちと瞬きつつ首を傾げると、ディランはなぜかまた笑う。

「この続きはまた今度、結婚式の後で」

「はい、ディラン様」

わかったようなわからないような。

とりあえず、自分がいない方が目立たずにテレーザを捜せるのだと理解したエイヴリルは、ディランのいう通り大人しく部屋に戻ることにしたのだった。

第三章◆悪女と再会、そしてはじめまして

部屋で着替えを終え、髪もいつものスタイルに戻したエイヴリルは、レストランまで飲み物と夜食を取りに行ってくれたグレイスを待つ間バルコニーに出る。

（気持ちがいいです）

夜風に当たっていると、階下から楽しげな音楽が聞こえてきた。

（これは……？）

さっきのメインダイニングで流れていた上品なクラシックの演奏ではなく、誰かの歌声も混ざって聞こえるような、賑やかで楽しい音楽だ。

（もしかして、ほかの場所でもパーティーが行われているのかもしれません。……ひょっとしたら、テレーザさんはそちらにいらっしゃるのではないでしょうか！）

エイヴリルの記憶では、テレーザのクローゼットには令嬢らしいクラシックなドレスはほとんどなかった。

前公爵と会うとき用に数着は用意されているようだったが、残りの多くは若い令嬢が好む前衛的なデザインのものだ。

ということは、上流階級が形式的に楽しむパーティーよりも、若者たちが歌い踊るカジュアルな

パーティーのほうに興味を示すのではないだろうか。

そう思ったエイヴリルは、バルコニーから部屋に戻り、船室の扉を開けて反対側の廊下に出てみた。

誰もいなかったが、廊下に隣接するサンルームの扉を開けるとやっぱり楽しげな音楽が聞こえてくる。

一等船室の客のほとんどはウェルカムパーティーに参加しているため、サンルームにもやはり人影はない。しかし。


『――おねえさん、お薬持ってない？』


「！」

異国の言葉で話しかけられて、エイヴリルは目を瞬いた。

振り返ると、そこには十歳ぐらいの女の子がいた。

着ている服はこの一等船室のサンルームにいるには違和感を持つほど質素。よく見ると、靴が汚れていて髪ももしゃもしゃしている。

(どこかに櫛《くし》はないでしょうか)

反射的にそう思ったが、まずは質問に答えなければいけない。

薬を持っていないか聞いてくるということは、この子は困っているのだ。

『お薬、ってなんのお薬でしょうか？』

『飲むと楽になるお薬。よかった。おねえさん、言葉が通じるんだね。この船に乗ってから、ほとんど誰にも言葉が通じなくて怖かったんだ』

『ええ。あなたが言っていることはちゃんとわかります』

エイヴリルが同じ言葉で応じると、女の子はほっとしたように笑う。

けれど、まるで麻薬を指すような内容にエイヴリルは違和感を拭えない。

ということで、聞いてみる。

『その薬が必要な人はどこにいるのでしょうか？』

『あの下だよ』

女の子が指差したのはサンルームの端だった。

よく見ると、鎖がかけられた小さな非常階段がある。鎖についた鍵は壊れていて、ここは容易に行き来できる場所のようだ。

（つまり、この子は二等船室区域から来たのですね）

ディランも言っていたが、このヴィクトリア号の乗客には贅沢な船旅を楽しむために乗船している上流階級の客と、移動手段として乗船している一般客の二種類がいる。

そして、それぞれの客が過ごすエリアは上階と下階とで明確に分けられていた。

（状況を考えれば、おかしいのはわかります。でも）

女の子の、汚れて穴が開いた靴ともしゃもしゃの髪の毛に申し訳程度に結ばれたリボンを見ていると、幼い頃の自分の姿に重なる気がする。

家族に恵まれなかったエイヴリルがここにこうしていられるのは、手を差し伸べてくれた大人たちのおかげなのだ。

『……簡単な薬なら持っています。少し待っていてくれますか？』

『うん』

エイヴリルは一旦船室に戻り常備薬のいくつかと櫛を持った。

レストランに行ったグレイスはまだ戻っていないようだったのでメモを残す。

あいにく小さな紙しかなかったので、二枚に分けた。

一枚目には『ディラン様、勝手にごめんなさい。二等船室区域に行きます。』と書き、二枚目には『非常階段から出てきた女の子に誘われました。二等船室に体調が悪い人がいるようです。』と書いた。

それをリビングルームのテーブルの上に置く。部屋を出るために扉を開けると、開けっぱなしの窓から強い風が吹いた。

ほんの少し肌寒さを感じつつ、またサンルームに戻る。

『お待たせしました！』

非常階段に座り、足をぶらぶらさせていた女の子はエイヴリルの姿を見ると笑って立ち上がる。

そうして、階段の下を指差した。

『あのね、こっちだよ。ついてきて』

『かしこまりました』

非常階段は思ったよりも段差があり、ドレスを着たエイヴリルではなかなかスムーズに下りられない。

もちろん、今着ているのは普段着用のドレスなのだが、明らかにこの階段を歩くのには向いていなかった。

足を踏み外さないように細心の注意を払いながら、エイヴリルは女の子に問いかけた。

『あの、お名前を聞いてもいいでしょうか？』

『リンだよ。おねえさんは？』

『私は——』

子どもには嘘をつきたくない。

しかし、自分が何のためにこの船に乗っているかを考えると本当の名前を名乗るわけにはいかなかった。

罪悪感を感じながら「バーバラです」とディランと打ち合わせ済みの名前を答えれば、リンと名乗った少女は首を傾げた。

『ふぅん。バーバラはいい人だね』

『…………』

明らかにバックヤードにしか思えない場所を経由しつつ、非常階段を下りきると、二等船室区域に到着した。

リンは非常階段の扉を開けて、二等船室区域の廊下をきょろきょろと見回す。

『おっかしいなぁ。いないな。いつもここにいるはずなんだけど』

『いない、ってどなたがですか？』

問いかけてみたものの、リンは答えない。

仕方なくエイヴリルも周囲を見回してみる。

ここは、さっきまでいた一等船室の区域とは雰囲気がまるで違う。

廊下の幅は半分だし、床には絨毯が敷かれていなくて木が剝《む》き出《だ》しになっている。

当然調度品の類もなくて、殺風景だった。

(ディラン様とローレンス殿下が用意してくださったスイートルームも素敵ですが、私はこちらの方も落ち着いて大好きですね)

アリンガム伯爵家での暮らしを回想し、のんびり思い出に浸っていると。

『あっ！　いた』

リンの声がした方を見ると、がっしりした体型の若者が現れた。

顔には傷があり、タンクトップから見える肩や腕には見事なタトゥーが彫られている。

「クソガキ、なんでこんなところにいるんだよ」

『あれ、この人なんか怒ってる？　違う違う、私は何も悪いことしてない。ただ、クラリッサの代わりを連れてきたんだよ』

「何言ってんのかわかんないけど、早く戻れ。……そっちのお前も来い」

鍛えた体やショートボブという髪型からは一見男性に見えたが、声の高さから判断すると若者は意外なことに女性だった。

女性はリンの首根っこを掴むと、いとも簡単に持ち上げる。

そうして空いた手でエイヴリルの腕を引いた。

(あっ……これはよくないですね)

『痛い！』

「声を出すんじゃないクソガキ」

「あの、痛がっています。リンさんから手を離してください」

エイヴリルが口を挟めば、女性は鼻で笑う。

「この異国のガキに何か聞いたのか？　かわいそうに、お前も帰れないだろうね」

と同時に背後の船室の扉が開いて中から数人の若者が現れた。

皆、殺伐とした空気を纏《まと》っていて明らかに強そうだが、全員が女性だ。リンとエイヴリルを部屋の中に引き込んで後ろ手に縛ってくる。

(あっ……これは)

縄抜けにハマっていたことがあるエイヴリルとしては嫌な予感しかない。

懐かしいキャロルとの悪夢再びだった。

(ついつい縄を引っ張って解きたくなってしまいますが、今はそれどころではありません……！)

自分だけなら縄を解いて走って逃げればいいのだが、リンが捕まったままなのだ。

ということで、エイヴリルはリンと一緒に屈強な女たちに連れられていく。

物置にしか見えなかった狭い船室の奥には隠し扉があるようだった。

扉の前にカムフラージュで置かれた可動式の本棚を動かすと、人がやっと一人通れるほどの鉄の扉が現れる。

（これは、もしかして船内図にはない場所へと続く扉ですね？）

パーティーが始まる前に確認した船内図には、三等船室がなかった。

そのぶん二等船室の区域が大きく、それぞれの部屋自体も広く作られているようだったのだが、それでもエイヴリルは違和感を覚えていた。

その答えに辿り着いてふむふむと納得している間に、まさにその扉の向こう側へと押しやられてしまう。

「大人しくこの部屋に入ってな！」

「ええっと、ちょっと待ってくださいい？」

話を聞こうと思ったが、当然応じてもらえるはずもない。

そして、エイヴリルとリンを無理やり扉の向こうに詰め込んだ女たちは見張り役のようだ。隠し部屋に一緒に来ることはなくその場に留《とど》まっている。

そして、女の一人が見慣れないものを手にしているのにエイヴリルは気がついた。

（――あれは）

細長いそれは、銃だった。

エイヴリルが驚く前に、がしゃんと音がして鉄の扉が閉じられる。

『痛ったいなぁ。もっと優しくしてよ』

『リンさん、大丈夫ですか？　お怪我《けが》は？』


抱えていた女によって半ば放り投げられるようにこちら側へと送られ、床に倒れ込んだリンは不満そうに口を尖らせている。

エイヴリルが流れるような自然さで縄を解き、床にぺしゃんと這《は》いつくばったままのリンに手を差し伸べると、リンは心底不思議そうな顔をして聞いてきた。

『……怒らないの？　っていうか今の何？　床に縄が落ちてるけど、手品？　その余裕、すごいね』

『ええと、縄のことは気にしないでください。でもどうして私が怒るとお思いに？』

『だって、私はバーバラをわざとここに連れてきたんだよ。私のために』

『ふふふ。わかっていてついてきたのですから、怒るも何もありません。この先はたとえ何があっても、私の責任なのです』

『…………』

微笑んで見せると、リンはびっくりしたように目を泳がせて唇を噛《か》む。

エイヴリルはこうなる可能性があるのを理解したうえでリンについてきたのだ。だから、ディランには書き置きを残してある。

ディランはそれを見つけてエイヴリルが戻らないとなると、ランチェスター公爵と王太子ローレンスの名前を使ってでもここに乗り込んでくるだろう。

最初から権力者の名前を使って無理に乗り込めなかったのは、テレーザを見つける前に動きを悟られて逃げられるのを避けたかったからだ。

(私が戻れないとなると、麻薬絡み——テレーザさんに関する手がかりはここにあるということでしょうから。ディラン様が迎えに来てくださる前に、その手がかりを見つけてしまえばいいだけです)

それにしても、この場所は一体なんなのだろうか。

さっきまでいた二等船室の区域よりもさらに殺風景で寒い。

目の前には木の箱が大量に積まれているが、空気の感じからしてこの部屋はもっと広そうだ。

そして、この場所は薄暗いが奥の方からは明かりが漏れている。

リンの縄を解いてやり、手を握って立ち上がったところで、積まれた箱のすぐ近くに人の気配を感じた。

「——あんた、どこかで見た気がするわ。名前は?」

(!?　この方は!)

美しく巻かれたブロンドヘアに目をひく顔立ち。

いわゆる『派手顔』をしたその女性に、エイヴリルは思いっきり見覚えがあった。

(この方は、ディラン様と一緒に潜入したアッシュフィールド家の仮面舞踏会でお会いしたキャシーさんです。コリンナの元カレ——ウォーレスさんと一緒に行動されていて、私はこの方とチェスをしました！）

その結果、この女性はエイヴリルの前で仮面を外すことになった。

あの日はコリンナの元カレがディランの情報収集の邪魔をしないよう、ひたすらチェスに応じただけだったのだが、どうやら無駄ではなかったようだ。

そのおかげで今、状況が把握できる。

（つまり、このキャシーさんもトマス・エッガーさんの仲間ということでしょうか。そして、あの場でのお名前はキャシーさんとおっしゃっていましたが、彼女もきっと偽名を使っていたのでしょう）

「うーん？　どこで会ったのだったのかしら？」

腕組みをして考え込むキャシーは、体のラインがはっきりとわかるドレスを着ている。遊び慣れた悪女そのものだった。

つまり、一般客が多い地下にいるのは明らかにおかしい。

（声を聞かれたら私が悪女のエイヴリルだとばれてしまう気がします。でも、リンさんは異国の言葉しかわからなくて不安なようです。私が喋らずに済む方法はない気がします）

となると、選択肢は一つだった。

どうせあと数時間もすればディランが捜しに来る。それならば今名乗っても問題ないだろう。

それに、エイヴリルが名乗るのは悪女の名前の方だ。ますます問題ない。

「私は悪女のエイヴリルですわ。お久しぶりですね、キャシーさん」

久しぶりに悪女っぽい笑みを浮かべると、キャシーは大変驚いた様子だった。

「⁉ ⁉ あーっ⁉ 思い出したわ！ あなた、あのときの女ね！ 仮面舞踏会に来て群がった男たちをチェスで全員切り捨てた悪女！」

「覚えていていただけてとてもうれしいですわ」

「へえ。随分かわいい顔してたのね。やっぱり見た目はこんな感じの方がばれずに遊びやすいのよね……って、あなた、あれだけの悪女なのに何でウォーレスなんかと遊んでたのよ？ っていうか今日はどうしてここに来たの？」

いろいろと誤解はある気がするが、最後にいきなり核心に迫られた。

潜入捜査などとは言えない。となると、現状をそのまま説明するのが正しいだろう。

「一等船室区域のデッキで涼んでいたら、こちらのリンさんに声をかけられました。困っているようでしたので、付いてきたらこんなところに入れられました」

「リン……ってこの子ね」

視線をずらしたキャシーの瞳が鋭くなる。

睨まれたリンがびくりと震えたのがわかった。

『このおばさん怖い。私が騒ぐといろいろ投げてくるんだもん』

『こちらの方が物を投げるのですか？ リンさんに？』

『うん。うっかり当たらないようにするのが大変なの』

キャシーは悪女の風上にも置けないタイプのようだ。

そして、エイヴリルがリンと会話をしているのを見て、意外そうに肩をすくめる。

「あら。悪女のエイヴリル様はこの子どもが話す異国の言葉が話せるのね。この子だけ言葉が通じなくて困っていたのよ。それで、なんて言っているの？」

「……」

（きっと、おばさん、は訳さないほうがいいですね……）

エイヴリルはリンを庇うようにして前に出る。

「この子はキャシー様から物を投げられると言っています。キャシー様はモラルの欠けた悪女のようですね。どういうことでしょうか」

「は？　モラル？　悪女に？　だって騒ぐんだもの、仕方ないじゃないの。ここにいる女たちは皆異国の娼館《しょうかん》や物好きな貴族に売られるのよ？　ばれないようにして隠れて運んでいるのに、騒がれたらたまったもんじゃないわ」

「ここにいる女たち、って？」

「ふふん。こっちよ」

その瞬間、キャシーが案内するように道を開け進んだ。

それについていくと、見えたのは空き部屋に閉じ込められた見知らぬ女性たちの姿だった。

（これは――、）

エイヴリルは思わず息を呑む。

おそらくリンが最年少だろうとは思うが、十代から二十代に見える女性が不安そうにこちらを見ていた。

皆、町娘なのだろう。

うずくまり膝を抱える者、体調が悪いのか横になったままの者、泣き腫らした目で慰められている者、さまざまだ。

人身売買、という言葉がエイヴリルの脳裏に浮かんだ。

この国ではとうの昔に奴隷制度は廃止され、もし反した場合は重い罪が待っている。けれど、犯罪者には法もモラルも関係ない。

（麻薬の取引は重罪ですが、人身売買はそれ以上に重い罪になり、場合によっては死刑になることもあります。トマス・エッガーさんが隠したかったのはまさにこれではないのでしょうか……！）

エイヴリルは仮面舞踏会に潜入した日のことを思い返す。

あの日、トマス・エッガーが自分の手柄になりうる情報――『不正入札』に関わる情報を容易に渡してきたことがずっと不思議だったのだ。

あのときは、単身では乗り込めずエイヴリルたちに託したのかもしれないと思ったが、しっくりこない点も多かった。

（もしかして、トマスさんが渡してきた『不正入札に関する情報』は私たちを組織の近くに誘《おび》き寄《よ》せるための餌で、彼は私たちを嵌《は》め、捕らえようとしていたのかもしれません。偶然にも、麻薬取引に関する情報を手に入れて脱走に成功しましたが）

ちなみに、あの日脱走できたのは、エイヴリルがピッキングにハマっていたことがあったのと、悪女が活躍する推理小説にハマっていたのと、館内地図をただ一度見ただけで丸暗記したからだ。

いろんなありがたい偶然が重なって無事に脱出できたが、普通ではそうはいかなかったことだろう。

(私たちは、知らぬ間にトマスさんに仕掛けられた罠《わな》を突破していたようです)

キャシーにトマスのことを聞きたいが、身の安全を考えるとまだ事件の全容に気がついていないふりをした方が良さそうだ。

そうして、もう一つあることに思い至る。

(そういえば、初めてご挨拶した日に前公爵様の愛人のルーシーさんがおっしゃっていました。港町は治安が良くないから、一人では出歩かないようにと。女性が街で攫《さら》われて行方不明になる事件が頻発しているということではないでしょうか。そして、その方々の行き先は……)

エイヴリルが呆然と立ち尽くしていると、何かを見つけたらしいリンが床に寝ている一人の女性に勢いよく飛びついた。

『クラリッサ! 目が覚めてる! クラリッサの代わりを連れてきたよ! これでここから出してもらえるよ』

「……リンちゃん……? どこに行っていたの……? いないから……心配……したわ」

(……クラリッサさん?)

聞き覚えのある名前に目を瞬く。

エイヴリルが視線を移したそこには、クリーム色のドレスを着た儚《はかな》げな令嬢がいた。

（もしかして彼女はクラリッサ・リミントンさんでしょうか？　没落したリミントン子爵家の三番目のお嬢様で、ランチェスター公爵家の別棟に雇い入れられるはずだった方。お迎えのときの目印として、クリーム色のドレスを着ている、と伝えられていましたね）

ハーフアップにまとめられた濃い茶色の髪と、知的な印象のある深い緑色の瞳。

この埃《ほこり》っぽい部屋で床に寝ているせいか、クリーム色のドレスが薄汚れてしまっているが、間違いないだろう。

目の前にいる令嬢はエイヴリルが聞いていた『本物のクラリッサ』の情報とぴったり一致していた。

リンが抱きついたため姿勢を崩しているのかと思いきや、顔が真っ赤だ。どうやら具合が悪そうである。

「大丈夫ですか？」

エイヴリルがクラリッサの前に膝をつくと、リンが教えてくれる。

『クラリッサはここに連れてこられてすぐに熱を出しちゃったの。ずっと寝てるんだけど治らなくて』

『クラリッサさんはリンのお友達なのですか？　ここへは一緒に来たのでしょうか』

『ううん。私はクラリッサよりだいぶ前、クラウトン王国の港で攫われてここに来たの。クラリッサはさっき出発した港で連れてこられて……私の言葉をちょっとわかってくれて、優しくて、仲良くなった』

（なるほど。クラリッサさんがランチェスター公爵家に到着しなかったのは、途中で攫われたからなのですね。没落したとはいえ貴族のお家《うち》でしっかり教育を受けていらっしゃったのですから、異国の言葉がわかってリンさんと仲良くなったのも当然です）

顔を赤くしたまま息苦しそうにしているクラリッサに、エイヴリルは持ち込んだ風邪薬を差し出した。

「クラリッサさん。こちらはお薬です。お水もあります」

「あなたは……？」

「悪女のエイヴリルと申します。外をうろうろしていたところを見つかってしまいまして、ここへは捕らえられてまいりました」

「あく……じょ……？」

ぺこりと礼儀正しく頭を下げると、クラリッサは目を丸くした。

警戒されて薬を飲んでもらえないかもしれないと思っていたのだが、目を丸くして呆然としたまま飲んでくれる。

（よかった。きっと、慣れない場所に閉じ込められて体調を崩してしまったのでしょう）

エイヴリルは念のために風邪薬ではない薬――発汗作用や利尿作用がある効き目の緩やかな市販薬も持ってきたのだが、ここではその出番はなさそうだった。

気だるげに空き箱の上に座っているキャシーの手には、見張り役が持っていたのと同じ細長い銃が握られている。それを見ながら考える。

（もしかして麻薬を使われて体調が悪い方がいるのかと思いましたが、そこまで非道なことをする人たちではないようですね。ですが、薬漬けにして売るわけではないとなると、全員が遠い異国に売られるのでしょう。……逃げ出したくても逃げ出せない場所に）

一方のキャシーもキャシーで、エイヴリルが置かれている状況を狙い通りに把握してくれたようだった。

「悪女のエイヴリル様は本当に何も知らずにここに来てしまったのね？　はっきり言って迷惑なんだけど？」

「迷惑と言いますと……私は〝商品〟には加えられないということでしょうか？」

「いいえ。とっても上玉よ？　あなたみたいなのは高級な娼館にとんでもない金額で売り飛ばせるの。でもね、あなたはどちらかというとこちら側なのよねえ」

（こちら側……）

改めて周囲を見回せば、ここに閉じ込められている女性たちはエイヴリルに対してとんでもなく不審そうな視線を送ってきていた。

皆の顔に「お前は何者だ」と書いてある。

そして、部屋の奥には銃を手にした老婆がいた。

若い頃はさぞかし美人だったのだろうという見た目の、シャンとした外見の老婆である。

彼女が銃を床にガツンとつき、杖《つえ》のようにして立ち上がると、周囲に座っていた女性たちの肩がびくりと震えた。

どうやら、この老婆がこの部屋の主人のようだ。

「その女は誰だい？　トマスが寄越したわけじゃないみたいだね」

「悪女のエイヴリルと申します。上階のパーティーのあと涼んでいたところを連れてこられました」

「連れはどうしたんだい？　パーティーに出ていたんなら、あんたがいなくなって心配するだろう」

老婆からの問いに、エイヴリルはにっこりと微笑んだ。

ここでディランと一緒だとばれてしまったらまずいことになるだろう。下手をすると、海の藻屑《もくず》になる可能性もある。

絶対に答えを間違ってはいけない。

「一人で乗船しております。悪女ですから、豪華客船のパーティーへ遊びにきました」

「ふーん。全然動じてないね。嘘をついているようには見えないねえ。なるほど、このまま売り飛ばしてもわからないってことか」

どれもこれも思いっきり嘘だし、動じていないのはただエイヴリルがそういう性格だからだ。けれど、いい感じに解釈してくれたのでありがたすぎた。

(でも、私がこれまでの人生でいつも動じることなく悲観的にならずに済んできたのは、境遇のせいもあったのでしょう。いつだって、今日よりも明日の方に希望が持てましたから。……ですが、ディラン様の元に絶対に戻りたいと思うようになると、また違うのかもしれませんね)

そんなことを考えていると、キャシーが老婆のところまで行き、興奮したようにエイヴリルについて説明してくれた。

「この子、本当に有名な悪女なのよ。簡単に売ったらもったいないわ？　遊びなれた王都の仮面舞踏会でもウォーレスを冷たくあしらっていたし、こう見えて教養だってあるのよ。チェスが得意だったわ。今もあの異国の子どもと会話していたし」

（これ以上、悪女としてのハードルを上げるのはやめてほしいです……！）

しかしこれでわかった。

コリンナの元カレにあたるウォーレスもこの件には一枚噛んでいて、しかも船に乗っているらしい。

今回の一連の依頼について把握したエイヴリルだったが、キャシーと老婆はそんなことは知る由もない。

威圧するように告げてくる。

「私たちはね、ここでこの女たちの管理を任されているのよ。でも、あなたは売り飛ばすにはもったいないのよね。だって、娼館に売るにしても相応のところじゃないと」

「しかしキャシーが言う通りこっち側だってのも頷けるねえ。危ない遊びが好きなら、いい客が見つかるまでの間、仲間にしてやってもいいんだけどね。何も知らないで遊んでいるあの子みたいに」

（あの子、とはどなたのことでしょうか？）

エイヴリルが首を傾げかけたところで、クラリッサの背中を撫でていたリンが立ち上がった。

『ねえ、クラリッサを外に出してあげてよ！　つらそうでかわいそうだよ。代わりにこの人を連れてきたんだから、もういいでしょう？　異国の言葉だって話せるし、十分クラリッサの代わりになるよ！』

『リンさん。私をここに連れてきたのは、クラリッサさんの代わりを連れてきたらクラリッサさんを自由にすると言われたからですか？』

『ううん。別に実際に言われたわけじゃないよ。だって私の言葉を誰もわからないんだもの。ただ、毎日ここにいる人数を数えてるから、数が大事なのかなって。クラリッサの代わりがいればいいんだって思ったの』

（なるほど）

リンは勘違いをしているようだが、キャシーたちはここに隠している女性が逃げ出したりしないように毎日人数を数えて管理しているということだろう。

クラリッサの体調を心配したリンが、代わりになる女性さえいればクラリッサを助けてあげられると勘違いしてしまったのも納得だった。

しかし、その願いは叶《かな》えられないのだろう。

そうは思いつつも、エイヴリルは一応聞いてみた。

「キャシー様。私の代わりにクラリッサさんを解放してはいただけないでしょうか」

「え？　嫌よ。全員顔を見られているんだもの、遠い異国に売り飛ばすほかないわ。あなたもしばらくは売らないけど、いい相手が見つかったら売り飛ばされるわよ」

予想通りの答えを受け取ったエイヴリルはにっこりと微笑んだ。

譲歩を引き出すためには、無理めなお願いを先にするのがいい。

もちろん、それでクラリッサが解放されるに越したことはないのだが、目的はほかにある。

「かしこまりました。では――私の元カレ、のウォーレスさんがどこにいるかだけ教えていただいてもよろしいでしょうか？」

「なんでよ？」

ただ知っている全員の配置を把握したいだけだったが、そんなことを馬鹿正直に言うわけにはいかない。

けれど幸いここでのエイヴリルは有名な悪女のようだ。

ならば、悪女っぽく答えれば大体のことは叶うのだろう。

ということで、エイヴリルは怒ってみせた。

「私は、ウォーレスさんがこんな楽しそうな計画に誘ってくださらなかったことに、とっても怒っているんです」

「は？」

キャシーの大きな目がぱちりと見開かれ、ぽかんと口が開いた。

けれどエイヴリルは気にしない。

「私はずっと豪華客船に乗ってみたかったのです。こうして一人で乗船してしまうぐらいに！」

「……は？」

「さっきのウェルカムパーティーは素敵でした。皆さん、犯罪行為を働きながらこんなに楽しそうな毎日を送っているだなんて、聞いていないです。うらやましすぎます」

キャシーは明らかに目を瞬いているが、悪女な義理の妹のコリンナなら、本気でこういうことを言うと思う。

だてにあの実家で十八年は過ごしていないのだ。

仕上げに、エイヴリルは老婆の持っている銃をビシッと指差して続けた。

「ウォーレスさんにお会いしたら、そこのご婦人の銃を借りてひっぱたいて差し上げます。仲間はずれにした罰です」

エイヴリルは本当になんの含意もなくストレートな意味で言ったのだが、エイヴリルが夜遊び火遊び好きな悪女だと誤解しているらしい老婆とキャシーは顔を引き攣らせた。

「……さすが緩急つけてくるわね。わかった、言っておくわ。ウォーレスは客を探すために二等船室のパーティーに行ってるけど、特別な遊びを強要されたくなかったら絶対に戻るなって」

「？？？」

最後の方がいまいち理解できなかったが、必要な情報は聞き出せたのでよしとしたい。

「……でもあなた、本当に想像以上、噂《うわさ》通りの悪女なのね。ますます高く売れそうだわ。だけどあなたの価値を心底理解して、莫大《ばくだい》な代金を払ってくれる遊び人……一体どこにいるのかしら。探させないと」

どうやら、今の会話でエイヴリルの悪女としての価値は上がってしまったようである。

正直なところいまいち意味がわからないが、少しだけ特別扱いしてもらえそうなことだけは理解した。

（ディラン様が助けに来てくださるまで無事に過ごすには、理想通りの悪女だと思われ続けることが重要なのでしょう。これはいい滑り出しと言ってよさそうです！）

老婆やキャシーたちとの会話を終えたエイヴリルは、改めて周囲を確認する。

だだっ広いこの倉庫のような部屋には窓が一つしかない。時計があるので時間は把握できるが、閉塞感で息苦しくなりそうだ。

現に、数人の女性たちは何度も過呼吸のような症状を起こしていた。

（そして、出入り口は二つですね）

さっき、エイヴリルとリンが入ってきた小さな鉄の扉と老婆が座っている長椅子の真後ろにある扉だ。

小さな扉の方には屈強な女性が二人、銃を持って座っているが、老婆の後ろの扉の前には誰もいない。けれど、部屋の中央と柱の前に見張り役の悪女がいる。

キャシーもその中の一人だった。

この隠し部屋に視線をめぐらすエイヴリルのことを戸惑っていると思ったのか、笑いながら教えてくれる。

「ああ、ここには殿方がいなくてごめんなさいね？　あなたにとっては退屈でしょう？　私たちはね、商品の価値を最大限に高めるために管理する人間をみんな女性にしているの。だから、傷物を好まない潔癖な変態貴族だって私たちから奴隷を買うのよ」

「へ……へんたい」

(きっと古くからある犯罪集団なのでしょうか。だからこそ、こんなに堂々と組織的な犯行を)

キャシーの言葉に、捕らえられている女性たちの数人が泣き出してしまった。

自分たちの行く末を理解していても、改めて聞かされると怖いのだろう。

クラリッサも目を潤ませ、言葉がわからないリンだけがきょろきょろとしている。

『なんかバーバラってあの人たちに一目置かれてない？　なんで普通に会話してるの？　バーバラっていいとこの人じゃないの？』

『あっ……まず、私の本当の名前はエイヴリルというのです。嘘をついていてごめんなさい』

『そうなの？　……あれ、エイヴリル、って聞いたことある気がするよ』

『えっ？』

リンの言葉に目を瞬くと、まさかの言葉を告げられた。

『なんだったかなぁ。……そうだ、ブランヴィル王国に旅行に行った人が、そういう名前のすごい悪女に貢いで捨てられたんだって。見事に身ぐるみ剝がされたらしいよ。別に無理に貢がされたわけじゃなくて、気がついたら裸でベッドに寝てたとかそういう感じで』

『…………』

確かに、コリンナはそういうとこある気がする。

いい意味でも悪い意味でも自信満々で、相手のことはあまり深く考えないのだ。

そんなコリンナは今頃、アレクサンドラの屋敷の掃除メイドとして働いていることだろう。

こんなことになるのなら、もっと悪女っぽさを学んでおけばよかったと思うものの、すべては後の祭りである。

『でもね、その人、悪女エイヴリルのこと全然恨んでなかったみたい。だから、男の人にひどいことをして許してもらえる悪女の代名詞？　みたいなのになってるんだったかな。本当にすごいね、異国でも名前を知られてる悪女かぁ。かっこいい』

『褒め言葉、痛み入ります』

リンの感覚はちょっとおかしいような気もするが、考え方は人それぞれだ。エイヴリルはとりあえずお礼を告げておく。

ふと視線を感じてそちらを見ると、クラリッサがまた目を丸くしていた。

リンが言っている言葉を全部ではないにしろ部分的に理解したのだろう。

「クラリッサさん、今の言葉は本当ですよ。私はとんでもない悪女なのです。ここでは頼ってくださいね」

胸をドンと叩けば、クラリッサは驚きを引っ込めた後でため息をついた。

「……私にもそれぐらいの強さがあったらよかったのに。そうすれば、後悔することはなかったのに」

「ん。悪女の強さをでしょうか？」

一体どういうことなのか、意味がわからない。

ちょっと話が別の方向へと向かっている気がする。

目の前の儚げなクラリッサと悪女がどうしても繋がらないエイヴリルが首を傾げれば、クラリッサは熱のある赤い顔でこくりと頷く。

「……私には好きな人がいたんです。結婚の約束をしていましたが、私の実家が爵位を返上することになり婚約は解消されました。彼は粘ってくれたのですが、彼のお父上が許してくださらなかったのです。縁談を失った私は下働きのメイドとして名門貴族の家で働くことになりました。それだけならまだよかったのですが」

「……………」

覚えのある内容にエイヴリルは言葉を失ったが、クラリッサは気づかない。

「その家の当主がひどい遊び人という話だったのです。いろいろな噂を聞いて私は震えました。それで怖くて、送りの馬車を途中で降りてしまったのです。歩きながらゆっくり気持ちを整理するつもりだったのですが……その途中で攫われてここに」

(なるほど)

リミントン子爵家にきちんと送り出されたはずのクラリッサが攫われたのは、そういう事情があったようだ。

加えて、前公爵に関わる悪い噂も今回の件の一因となってしまったことにエイヴリルはため息をついた。

(ランチェスター公爵家が前公爵様の別棟を放置し続けたことが、こんなふうに弊害を引き起こすなんて。公爵家のためにも、やはり一刻も早く何とかしないといけませんね)

そう思ったエイヴリルは聞いてみる。

「もしここを出られたら、クラリッサさんはそのお屋敷で働きたいと思いますか？」

「……はい。ですが数年間耐えて、実家に先払いされた給金分の仕事ができたら、元婚約者のところへ行きたいと思っています。ここに捕らわれている間に決心がつきました。彼のお父様は結婚に反対ですが、ずっと待っていてくれると言う彼を信じたいです」

「そうですか。わかりました」

エイヴリルとしては、ほかの屋敷を紹介できるのではと考えての問いだったのだが、クラリッサの答えは意外でびっくりするほどしっかりしたものだった。

（クラリッサさん……）

クラリッサのまっすぐな瞳を見ていると、なんだかディランの顔が思い浮かんだ。

さっき、愛していますと伝えたときの驚いたような表情がびっくりするほど自分の胸を打つ。

（そうですね。お互いに、大好きな人の元に帰れますように）

大きく頷いたエイヴリルは、誰にも聞こえないような小声でクラリッサに問いかけた。

「クラリッサさん、あともう一つだけ教えてください。テレーザさんという方はここにいらっしゃいますか？」

「テレーザ？　……確か、私たちを見張っている方々の中のお一人がそんな名前だったような」

「本当ですか？　今はいらっしゃらないようですが」

「出港するまではここにいたのですが、そういえば姿が見えないですね」

（思った通りですね）

やはりテレーザはマートルの街を逃れてこの船に隠れていたのだろう。そして、キャシーも老婆もトマスもウォーレスも皆仲間なのだ。

エイヴリルがランチェスター公爵夫人だと知っているテレーザと鉢合わせたらけっこうまずい気はする。

そのときは、ディランを手玉に取った悪女を演じるしかないだろう。

(弱気でお恥ずかしいのですが、あまりうまくできる気がしません。全力で避けましょう)

この先の振る舞いを決意したエイヴリルだったが、ちょっと待って、とクラリッサが教えてくれる。

「ただ、そのテレーザさん？　は次の港で船を下りると言っていたような。その先は異国へと向かう長い船旅になります。私たちも異国へと売られます」

「それは嫌ですよね」

「嫌ですよね、ってそんなあっさりと……。あなたは異国に売られるのが怖くないのですか？」

あまり動じず穏やかに微笑んだエイヴリルに、クラリッサは心底不思議そうだ。

けれど、エイヴリルはさらに笑った。

「ええ、大丈夫です。私はここで一番の悪女ですから。皆さんのことは私が何とかしますわ。どーんと、大船に乗ったつもりでいてくださいね」

「…………」

大船にはもう物理的に乗っている。

けれど、クラリッサはなぜかエイヴリルの言葉で心が楽になったらしい。涙を拭くと、穏やかに微笑んでまた横になった。

『クラリッサ、早く良くなってね』

濡《ぬ》れたハンカチを小さな手でクラリッサのおでこに乗せるリンの姿を見ながら、エイヴリルは考える。

（テレーザさんの行き先についても予想通りです。マートルの街から逃げるだけなら、一つ港を移動すればいいだけの話なのですから。しかも、ディラン様ならそれを見込んで先回りしていそうです。事態はそんなに悪くはない気がします）

⚜

一足早くエイヴリルを船室に帰したディランは、クリスとともにウェルカムパーティーが行われているメインダイニングへと戻っていた。

華やかなパーティーを楽しみつつ壁際で世間話をする紳士を装いながら、会場をくまなく観察する。

「さっきのトマス・エッガーだが、動きは？」

「別の者が張り付いていますが、いろんな貴族や大富豪に声をかけて商談に持ち込もうとしているようです。まぁ、商人を名乗っていたのですから違和感はありませんね」

「ああ。だが、その商談自体がきな臭いものなのだろうな」

「ついさっき、見ているこちらが恥ずかしくなるほどの新婚カップルを演じられた『ブロウ子爵夫妻』のところには、絶対に持ってこないような商談なのでしょうね」

「…………」

クリスの言葉に、ディランはつい顔を引き攣らせた。

多くの人の目に触れている場所にもかかわらず、不満を隠せないほどにこの年下の側近の言葉が憎たらしい。

ついでに憎たらしいのは動揺している自分もである。

「……さっきのは」

「ご本人には全くその気はないようでしたが、主人を翻弄するいい悪女でしたね」

「…………」

クリスの言葉は本当にその通りだとは思う。

今日ここでどんな振る舞いをするかは大体決めていた。

それでいて失敗するつもりは全くなかったのに、うっかりエイヴリルのペースに巻き込まれてしまったのだから。

ディランは壁に背中を預けたまま、半ば諦めの境地で宙を見つめて呟く。

「彼女と一緒にいると本当に飽きないな……」

「こちらも見ていて楽しいですね。大体いつでも眉間に皺《しわ》が寄っているあなた様にぴったりの、とってもかわいい悪女な奥様だと思います」

「……」

クリスを視線で黙らせ、言葉を無視したディランは会場に視線を彷徨《さまよ》わせる。

ところで、さっきからどんなに見てもこの会場内にテレーザと思《おぼ》しき女性はいなかった。

このパーティー会場に入ってからそろそろ二時間が経つ。パーティーを楽しむ客たちは酒が回り、さらに賑やかになっていた。

終了時刻のことを考えると、テレーザはこのパーティーに参加していないのかもしれない。ほかの場所を捜す必要があるだろう。

少し焦りを感じ始めたものの、ここまではまだ想定の範囲内だ。思考を切り替えたディランは、手にしていたシャンパングラスを壁際のテーブルに置く。

「後は、捜すとしたら二等船室区域のパーティーか」

「はい。報告によると、下の階の食堂でカジュアルな会が催されているようです。お召し替えをされた方が目立たなくて良さそうですね」

「そうだな。一旦部屋に戻ろう」

場所を変えることにしたディランは、クリスを伴いメインダイニングを後にしたのだった。

——そうして戻ったディランを待っていたのは、船室で狼狽《うろた》えるグレイスだった。

「だ、旦那様！　今、ご報告に伺おうと思っていました！　申し訳ございません。レストランに夜食を取りに行った隙に、エイヴリル様を見失いました」

必死に謝るグレイスを前に、何よりもまずディランは思わず遠い目をしてしまった。

「……エイヴリルと一緒にいると、本当に飽きないな……」

エイヴリルがじっとしていないのはいつものことなのだが、行動パターンが読めなすぎる。

放っておくとどこかへ行ったり突拍子もないことをしていたりするのが常なのはわかっている。

しかし、それ以上に大体がディランの想像の範囲を超えてくるのだ。

「大丈夫だ。それで、心当たりは？　最後にエイヴリルと話したとき何か言っていなかったか？」

「こんな書き置きがございました」

グレイスから手渡されたのは一枚の簡単なメモだった。

『ディラン様、勝手にごめんなさい。二等船室区域に行きます。』とだけ書いてある。

「書き置きはこれだけか？　もっと詳しい内容のものは？」

「捜したのですが、見つかりませんでした」

グレイスの返答を受けて、ディランは考える。

とんでもなく抜けていて天然だが、賢いエイヴリルのことだ。

必要ならばもっと詳しい情報を書きそうなものだったが、そうではないことを踏まえると、ほんのわずかな時間で戻るつもりだったのかもしれない。

「……誰かに誘われたのだろうか？　いや、そうだったらメモに書くはずだ」

「あの、エイヴリル様ではないかもしれないのですが……実は、廊下のサンルームに続く扉が開けっぱなしになっていたんです。ちょうどウェルカムパーティーが行われている時間で、ほとんど人はいなかったはずなのに」

「……そうか。何か部屋からなくなっているものはあるか？」

「常備薬が入ったカバンが出しっぱなしになっていました。それと、ドレッサー前にあるはずの櫛も見当たらないかと」

「主人同様、グレイスも優秀だな」

そう応じると、グレイスは沈んだ表情を変えずに頭を下げた。ディランへの報告を優先したものの、相当心配しているらしい。

「いなくなってからまだ数十分というところか？　もしテレーザと遭遇していたらまずいな。テレーザはエイヴリルに恨みを持っているようだ」

「そうですね。手分けして捜しましょう」

クリスの言葉で、ディランは足早に船室を出る。

ふかふかの絨毯が敷かれた階段を下りていくと、船員が管理する柵の前まで辿り着いた。

普段は行き来できない一等と二等の区域を隔てる場所である。

「何かご用でしょうか。この先にはあなた様が楽しめるようなものは何もないかと存じますが」

「子猫が迷い込んだんだ。捜したいので通してほしい」

「かしこまりました。どうぞこちらへ」

「こっ……子猫ですか」

隣を見なくても、クリスが笑いを堪えているのがわかる。ディランは口の端を引き攣らせて側近を睨んだ。

「……なんだ」

「いいえ。この場に相応しいスマートな比喩ですが、新婚旅行中のご夫婦としてもあまりにもぴったりで」

うるさい、と口にするのと同時に、柵が開いて中に案内される。案内役の船員もクリスに近い感想を持ったようで、特についてくることはなく頭を下げて去っていく。

木の床に変わった階段を下りるとすぐに、賑やかな歌声が聞こえてきた。

ちょうどそこは食堂で、広いスペースになっている。

カジュアルな雰囲気と、オルガンの音に満たされたそこは上階のパーティーとは別世界だった。

盛装で着飾っている客はほとんどいない。ガヤガヤとした騒がしい空気に、自然と会話の声が大きくなる。

「本当にここにいるのだろうか」

「この食堂は十分な広さはありますが、上のメインダイニングほどではありません。もし子猫な奥様がいらっしゃればすぐに見つかるでしょうね」

「そうだな。……って、待て」

あるものを見つけたディランは、動き出そうとしたクリスの肩をがしりと摑んだ。

視線の先には縦ロールぎみなプラチナブロンドを揺らし、楽しげに踊る女性の姿があったからだ。

それは、ランチェスター公爵家にいたときと何も変わらないテレーザの姿だった。

ディランの視線を追ったクリスは呆れたようにため息をつく。

「彼女、変装もしていませんね……」

「ああ……。テレーザがここにいるということは、エイヴリルはここにいないのだろう。では一体どこへ行ってしまったのか」

テレーザを捕まえることこそがこの船に乗った目的だったはずだが、エイヴリルが行方不明になってしまった今はそちらの方が心配である。

つまり、とっととテレーザを捕獲して次に移るべきだろう。

ディランとクリスは数人の同行者に出口を塞ぐように合図を送ってから、テレーザに近寄って声をかけた。

「テレーザ・パンネッラ。こちらに来てもらおう」

「!? あなたは……えっ、どうしてここにいるの!?」

「ランチェスター公爵家の当主として迎えに来た。向こうで警察も待機している」

「私、何もしていないわ」

「悪いが、逃げた後で証拠は全部揃えたんだ。走って逃げた上に、言い逃れまでされたら大変だからな」

ディランはそう告げると、テレーザの手首に手錠をはめた。

「なんっ……どうしてこんなものを持ってるのよ!?」

「縄だと器用に抜け出す令嬢がいるからな」

「はぁ？」

「お前のことではないがな」

「あっ……当たり前でしょう？」

公爵家にいたころからは想像がつかない様子で悪態をつくテレーザに、ディランはため息をついた。

「それでお前はいつからここにいる？　妻を見なかったか」

「妻って、あの無垢《むく》なお嬢様？　いなくなっちゃったの？　でも知らないわ」

「……なるほど、質問を変える。お前はこの船が出港するまでどこにいた？」

「どこって、船室よ」

「乗船名簿を見たが名前がなかった。偽名を使ったのか？　どの部屋だ」

「…………」

途端にテレーザは黙ってしまった。

喋りたくないことがあるのだろう。

けれど、ディランはエイヴリルには優しいが、他の女性に対してはあまりそうではない。相手が犯罪者ならなおさらである。

ということでためらいなく、従者に扮《ふん》した数人の警官たちにテレーザを引き渡す。

「……連れて行け。吐かせろ」

「ふん。ちょっとやそっとじゃ喋らないわよ」

「黙れ」

無理やりテレーザを連行しようとしていたところで、邪魔が入った。

「――君たち、私の連れに何をしているのかな」

颯爽《さっそう》と現れたのは、見覚えのある金髪のくるくる頭の男だ。

それは、仮面舞踏会の日、エイヴリルとチェスに興じ、勝負に負けたため顔を見せていた『コリンナの元カレ』だった。

それを見て、ディランはいくつかの疑問への答えを得た気持ちになっていた。

もともとあの仮面舞踏会は、不正入札の裏取引がされているという噂の真偽を調べるために訪問したものだった。

その中で、エイヴリルが麻薬取引に関わる人間の名簿を見つけてしまったものだから大事になり、そこでテレーザの名前が見つかり、こうしてランチェスター公爵領に戻る事態になったという経緯がある。

けれど、その名簿にはアッシュフィールド家の麻薬取引に関するすべての人間の名前が載っていたわけではない。

アッシュフィールド家は、いわゆる売人だった。

どこかから麻薬を仕入れて関わりのある貴族に売《う》り捌《さば》いているようだったが、肝心の麻薬の出どころについては決して口を割らなかった。

名簿に載っていた人間はほとんどが末端の顧客ばかり。

たまにテレーザの実家パンネッラ男爵家のように仲介をしている家もあったが、そこを調べてもなかなか大元には辿り着けなかったのだ。

今回、脱走したテレーザの捜索にわざわざ王太子であるローレンスが出張ってきたのも、ただランチェスター公爵領で過ごすディランとエイヴリルを見て楽しみたいという趣味の悪さだけが理由ではない。

とんでもない方法を使ってまで脱走したテレーザにこそ、解決の糸口を掴むヒントがあるのではと期待したからだった。

そして、あらかた予想通りだったようである。

どうやら、あの仮面舞踏会にいた面々は大体がトマスの〝商い〟の客だったらしい。つまり、皆がこの麻薬取引に関わっているのだろう。

もともと、テレーザを見つけられなかったときのために保険として次の港で下船客をくまなく調べる予定ではいた。

けれど、捜して捕らえる必要があるのはテレーザだけではないようだ。

しかし、ランチェスター公爵の権限どころか国の法律が干渉できないこの船内では、捕らえるのはテレーザで限界だろう。

「この男も連れて行け。クリス、通信室を使用できるよう手配しろ」

「御意」

「⁉　ちょっと待て。いきなり何なんだ⁉」

ディランは目の前のくるくる頭の男を無視し、通信士を通じてローレンスに連絡を取ることにしたのだった。

第四章◆悪女と人質

エイヴリルが閉じ込められている隠し部屋。

ここに連れてこられてまだ数十分ほどのはずだが、エイヴリルはなぜか周囲がざわつき始めたのを感じていた。

「随分遅い時間になったけれど、テレーザが戻らないわね」

「営業役のウォーレスと一緒に遊んでるんじゃない。見張り役も放棄して本当にいいご身分ね？」

「あーあ。私だってベッドで寝たいわ」

監視役を務める悪女たちのそんな声を聞きながら、エイヴリルは床に座り込んでリンの髪を梳《と》かしている。

（テレーザさんがそろそろ戻る時間のはずなのですね。テレーザさんが戻ってきたら、ちょっと面倒なことになるので外でディラン様が捕まえてくださるとありがたいのですが……。ですが、戻らないのならうまくいっているのかもしれません）

しっかりメモは残してきた。

ディランならば二等船室のパーティーでテレーザを捕まえた後、あの非常階段の先にあるこの扉を見つけ、エイヴリルたちを助けてくれるだろうとは思う。

(まぁ、二枚のメモをちゃんと読んでくださっていればですけれどね！)

我ながら若干不安になる言葉で思考を閉じ、エイヴリルは櫛を置いてリボンを結んだ。

『はい、できましたよ』

『わー！　悪女エイヴリルってすごいのね。こんな髪型までできちゃうんだ』

『ええ、悪女ですから』

エイヴリルを騙《だま》してここまで連れてきたリンだったが、意外と素直らしい。

『悪女ってすごいんだねえ』と感心しながら部屋の隅においてあった半分がひび割れた鏡に自分の姿を映して感動している。

もしゃもしゃが気になっていたリンの髪だったが、丁寧にサイドを編み込んで、もともとついていたリボンを結び直してやれば、たちまちかわいくなったのだった。

『でもこんなことしてくれるなんて。やっぱりいい人だね』

『リンさんこそ、さっき外に出られたときに一人で逃げることもできたでしょう。あなたこそ、とっても優しくて強いですね』

そう伝えると、リンは恥ずかしそうに目を逸らして黙ってしまった。

(ふふふ。リンさんはいい子ですね)

すると、エイヴリルを有名な悪女だと勘違いし、警戒している周囲の女性たちも戸惑いながら視線を送ってくるのに気がつく。

異国語で交わされているエイヴリルとリンの会話の内容がわからなくても、雰囲気はなんとなく

伝わるのだろう。

　彼女たちに向けてエイヴリルはにっこりと微笑んだ。

「悪女が子どもをいじめていいはずがありませんから」

「「「……？？？」」」

　念押しのはずだったが、女性たちは目を泳がせて顔を見合わせた。

　その中の一人、リンより少し年上に見えるぐらいの少女と目が合った。

　彼女も髪がもしゃもしゃだ。

　目を輝かせ、リンの新しい髪型とエイヴリルの手を交互に見ている。

「仕方ないですね。あなたもこちらに来てください」

　ふふん、と悪女らしく手招きをすれば、少女は戸惑いながらもそろそろとやってきてエイヴリルの前に座った。

「どんな髪型がいいですか？」

「……お嬢様っぽいのが……」

　間違いなくエイヴリルを警戒しているに違いないのに、かわいい髪型には興味があるらしい。そんな気持ちを感じ取って、エイヴリルもはりきってしまう。

「なるほど、少し苦手ですが頑張りますね。以前はこれでも『お嬢様』の身支度のお手伝いをしていましたから」

「えっ？」

「まぁ、コリンナは普通ではないお嬢様でしたけれどね……」

「ええ？」

「あっ、いえ何でもありませんわ」

リンがうれしそうにしているのを見て気が緩んだせいか、考えていることが口からそのまま出てしまった。

これはいけない、と気を引き締める。

無心になってする作業というのは、エイヴリルにとっては頭の中の思考をびっくりするほど単純にしてくれるものだ。

髪を梳かすのもその一つ。

(運航スケジュールによると、明日の朝には次の港コイルに寄港する予定です。その先は異国に向けた長い航路になります。ディラン様が次の港に辿り着く前に助けに来られなかった場合の想定もしておかないといけませんね。つまり、船を足止めする必要があります)

ではどうやって船を港に留めればいいのか。

わかりやすく確実な手段としては、船が故障すればいいのではないだろうか。

(昨夜読んだ豪華客船の本には、一般的な船の構造が書いてありました。この船は、煙突の数から考えてエンジンが三基あるようです。ですが、港に到着するとともに三基のエンジンをすべて壊すのはどう考えても不可能です)

エイヴリルはボイラーの修理ぐらいはしたことがあるが、船のエンジンを壊すのは未経験だ。

本を読めばなんだってできるわけではないのはわかっている。

(そうなると……やはり、誰かにお願いするしかないですね)

今度は、頭の中で豪華客船の船員の給与についての知識を広げてみる。

こんなにあからさまに隠し部屋が造られている船の構造を考えれば、この船を所有する会社も当然グルということになるだろう。

(例えば、機関士の方にお願いして合図があるまで船を動かさないようにするという方法もあります。ですが、見ず知らずの私に頼まれても誰も信用しませんね)

そんなことを考えながら手を動かす。

ここにはコテはないので髪を巻くことはできないが、この少女の髪はふわふわの癖毛だった。

希望通りのお嬢様っぽい髪型にできそうである。

エイヴリルは器用に少しずつ髪の束を編み込んでアップにしていく。

ポケットに入れてあったピンで全体を留めると、まるで夜会に出席するときのような華やかなアップヘアになった。

「できましたよ」

「!?　えっ……本当に!?　わぁ！　ありがとうございます」

エイヴリルは自分の身支度をするときこそ適当に済ませるが、コリンナの髪を結うのは何度もやっていた。

そして失敗すると、火で熱々に熱したばかりのコテや花瓶が飛んでくる。

エイヴリルは避けるのは得意だったが、キーラなど使用人仲間はたまに当たってしまうこともあった。だから、真剣に覚えたのだ。

リンと同様に、ひび割れた鏡に自分の姿を映して喜ぶ少女の姿にうれしくなる。

(アリンガム伯爵家で学んだことが役に立って、とてもうれしいです)

「次は私のもやってくれない？」

「わ、私もお願いしたいわ」

「その次は私も……」

ニコニコしていると次々に声をかけられた。

すっかり遅い時間のはずだったが、まだ誰も眠る気配はない。それどころか、皆エイヴリルが編む珍しい髪型に興味津々な様子である。

エイヴリルがここに来たときは、ものすごく警戒されていたように思えたが、それもなくなりつつある感じがする。

おしゃれが共通の楽しい話題になるのは、女性ならではなのだろう。

(確かに、こういう髪型は自分ではできないですものね。侍女を雇う余裕がある貴族に限られたものです)

「わかりました」

そう答えながら、エイヴリルはこっそり部屋の隅に視線を送り、悪女たちの様子を観察する。

キャシーは銃を抱えながら座ったまま眠っていて、この部屋を支配する老婆もどこかへ消えていた。

他の見張り役たちもあくびをしている。緊張感が全くなく、銃さえなければ今すぐにでも全員で逃げ出せそうだ。

次に、エイヴリルは前に座った女性に、キャシーたちのことを視線で示しつつ小声で聞いてみた。

「……夜になると、いつもここはこんな感じなのですか?」

「そうね。私たちも寝ているし、見張り役の数人はうとうとしていることがあるわ。でも、この部屋には鍵がかかっているし、見張りの女たちは銃を持っているんだもの。警戒が緩くなったと思っても、怖くて動けないわ」

「そうですよね」

加えて、一週間以上ここに閉じ込められている人もいるのだろう。

エイヴリルはさっき来たばかりなので元気いっぱいだが、長期間拘束されては逃げ出そうという気力がなくなるのもわかる気がした。

ちなみに、諸事情によりピッキングにハマっていたことがあるエイヴリルは鍵を壊して脱出することができる。

けれどそれでは全員が逃げることは不可能だし、何よりも相手が銃を持っているとなると話は別だ。

(違う方向で考えた方がよさそうです)

「あの、リーダーのおばあちゃんが座っていた椅子の後ろの扉の先は、機関室に繋がっていそうですね」

「おばあちゃんって……あんた、すごい呼び方をするのね？　でも、船内のことはよくわからないけどこちらの扉から人が入ってくるのは見たことがないかも。バックヤードだということは確かだと思う」

女性の髪を梳かし終えたエイヴリルは、頭頂部の髪を編み込むと仕上げに彼女が持っていた髪飾りを後ろにつけてやった。

派手ではないけれど、きちんと感がある上品な髪型が出来上がった。

「できました」

「わぁ。悪女っていうから、人をこき使うことしかしないのかと思ったら……違うのね」

エイヴリルはただ微笑んで否定も肯定もしない。

キャシーたちには悪女だと思っていてもらわないとある程度自由に動けないし、一方でこの女性たちを救出するときには悪女ではないと気づいていてもらえないとスムーズにことが運ばないのだから。

そうしてエイヴリルが皆の髪型を整えながら情報を聞き出しつつ深夜を回る頃には、隠し部屋内の空気は一変していた。

初め、犯人たちに一目置かれ親しげに話すエイヴリルは『とんでもない悪女』で、犯人たちの仲間なのでは？　と警戒されていたが、今は『もしかしてこの悪女はいい人なのでは？』という戸惑いの空気に包まれている。

ひたすら皆の髪を結い続けたエイヴリルは少し眠くなっていたが、まだ寝てはいけなかった。

明日には次の港に着いてしまう。

もしディランが助けに来なかった場合、そのタイミングで一般客に紛れて脱出しないといけないのだ。

(異国へ行くことになってしまったら、私たちは売られるしかありませんから)

ちょうど、クラリッサの隣でうとうとと眠っていたリンが目を覚ましたようだったので聞いてみる。

『リンさんはどうやって一等船室のデッキまで行ったのですか?』

『んー? あっち側の扉から抜け出したんだよ』

リンが指差したのは、さっきまで老婆が座っていた椅子の後ろにある扉だった。

『あの向こうには一等船室のデッキに繋がる道があると?』

『うん、そんなかんじ。バックヤード? の通気口の中をいくと、直接二等船室用のデッキに出られるのに気がついたんだ。そこから一等船室に続く非常階段を使ったの。でもすごく狭いから、バックヤードの通気口は子どもじゃないと通れないと思う』

『なるほど。そもそも、ここの見張りの方々は銃を持たれていますよね。リンさんはどうやって見つからずに外へ?』

『うーん。私、言葉が通じないじゃん? だから、見張りも甘いみたいなんだよね。それに私はずっと路地裏で一人で生きてきたし、人の目を掻《か》い潜《くぐ》るのはすごく得意なの。扉が開きっぱなしのときにするっと抜けるんだ。機関室のおじさんたちとも何度か話したよ。全然話が通じなかったけど。あはは』

そんな不用心なことがあるとは。ここの悪女たちは捕らえた女たちを完璧に支配できているという自信があるらしい。

（慢心しているのなら、大胆に動けますね）

リンの言葉で、エイヴリルの頭の中はすっきりとまとまった。

これならば、もし夜明けまでディランが助けに来なくても、港に着くと同時に脱出できるだろう。

『リンさん。ここから皆さんを救い出すために、教えていただきたいことがあるのですが』

『うん！　もちろん。何を知りたいの？』

『それはですね』

エイヴリルは用心深く、リンの耳元で内緒話を始めたのだった。

⚜

夜が明けたようだ。

朝日が差し込む一等船室。

テレーザとウォーレスをこの部屋に連行したディランは、二人からエイヴリルの居場所を聞き出そうと躍起になっていた。

だが当然、テレーザは頬を膨らませて黙ったまま。

一方のウォーレスも「異国の船で乗客を勝手に拘束するなんて、覚悟した方がいいぞ?」とニヤニヤして口を割らない。

このヴィクトリア号は、デリーク王国という異国の船だ。

しかもここは海の上。ウォーレスはブランヴィル王国の法律では自分たちを裁けないと知っているからこそ、ここまで余裕そうに振る舞っているのだろう。

エイヴリルの行き先については、別の人間たちも船内をくまなく捜している。しかし、このヴィクトリア号は広すぎて捜索には限りがあるのだ。

そうなると怪しげな彼らの口を割らせるしかない。

仕方なくディランが「あまり物騒なことはしたくないが」と脅しに使うナイフを取り出したところで、クリスが部屋に顔を出した。

「ディラン様、通信士経由で連絡を入れたローレンス殿下からお返事がありました」

「思ったより早かったな」

「はい。ローレンス殿下はまだマートルの街で待機していらっしゃったようでこちらを」

ディランは返事を記した紙に目を通すと、頷いた。

「これで了承は得たな」

「はい。……ところで、ディラン様はかわいい奥様のためにナイフを? わざわざあなたが手を汚すことはありません。私が承りましょう。そのナイフ、ください」

ディランとクリスの会話に、ついさっきまでは余裕ぶっていたテレーザとウォーレスが騒ぎ出す。

「待って！　公爵様は刺さない気がするけど、そっちの人はなんか違うわ!?　笑顔だけどちょっと怖いもの!?」

「きききき奇遇だなテレーザ。ぼぼぼ僕もそんな気がするよ」

ディランは冷たい瞳で椅子に縛られ震える二人を見下ろした後、ウォーレスの膝にナイフの先を当てた。

「では、エイヴリルの居場所を吐くか？」

「いやっ……その」

「どちらにしろ、お前たちが麻薬取引に絡んでいることはわかっている。この船を下りたら罪に問われることは確定している」

「ふ……船を下りなければいいんだろう、そんなの」

「……」

脅されてもウォーレスが折れないことをディランは意外に感じた。

少し圧をかければすぐにエイヴリルがいる可能性がある場所を吐くものと思っていたが、どうやらそうではないらしい。

（つまり、この男は情報を吐いて自分だけが逃げ帰ったとしても、組織からすぐに消されると確信しているのか。間違いなくトマス・エッガーとグルだろうが……彼らは麻薬以上に何を隠したいんだ？）

そして、ディランとエイヴリルはもともと次の港コイルで下船する予定になっていた。

エイヴリルが行方不明なのはただ迷子になっただけで、問題なく一人で下船してくれればいいが、そうではない場合が怖い。

そこから先は異国へと向かう長い航路になるからだ。

ナイフをクリスに渡したディランは淡々と伝える。

「……船を下りなくても、次の港に着いた時点でお前たちは警察に引き渡す」

「こ、ここは異国が所有する船の上だぞ。ランチェスター公爵の権限も、この国の法律も効力を持たないだろう？　僕たちが監禁されたと訴えればまずい立場になるのは貴殿たちの方では？」

額を汗で濡らしたウォーレスの答えに、ディランは冷酷な視線を送った。

この焦り方は完全にクロだ。エイヴリルに関する手がかりを知っていると思えば、ますます怒りが湧いてくる。

「確かにお前の言う通りだ。加えて、この国は他国と犯罪者の引き渡しについて協定を結んでいない。だが、逆に何の協定も結んでいないからこそ、どんなこともできるとは思わないか？」

「……？」

「ありえないほど多額の現金を積んで、強引に船内をくまなく調べることもな」

「「！！」」

テレーザとウォーレスが真っ青な顔をして息を呑んだのを確認したディランは淡々と続ける。

「さっき、まさに王太子のローレンス殿下にそれを相談したところ、この船を所有するデリーク王

国に電報で連絡を取り、あっさり許可をとってくれたらしい

「さすが、ディラン様の一晩の新婚旅行のためにスイートルームをとってくれただけありますね」

「ひぃっ!?」

クリスがニコニコと相槌を打ちながらナイフをウォーレスの頬に当てたので、ウォーレスはさらに震え出してしまった。

それを見てもなおディランは冷徹に続ける。

「どちらにしろ、次の港に着いたらお前たちは引き渡されるんだ。逃げ切ることは叶わない。それなら重要な情報を提供して刑を軽くした方がいいんじゃないか？」

「…………そ、それは」

ナイフを当てられているウォーレスは真っ青だが、ローレンスにも「肝が据わっている」と笑われたテレーザはまだ余裕があるようだった。

青い顔をしながらもディランを見上げ、感心したように呟く。

「ランチェスター公爵家ってやっぱりお金持ちなのね。さすが、あれだけの愛人を囲う余裕があるお家は違うわね。悔しいわ、後継ぎが女にもう少し興味があったらよかったのに」

「お言葉ですがテレーザさん。ディラン様は女に興味がないのではなく婚約者様にしか興味がないんですよ。それに、今回の原資金はエイヴリル様が自力で払える範囲のものです。うちのお姫様はあなたとは違うきちんとした方法で、ありえないほどに多額の資産を作られましたから」

「は!?　どういうことよ？」

クリスがエイヴリルの手柄――少し前に法律の抜け道を使って通された嘆願書がランチェスター公爵家に大きな富をもたらしたこと、についてニコニコと説明しているが、テレーザはちっともわからない様子だった。
それを横目にため息をついたディランはウォーレスの胸ぐらを摑んですごむ。

「だから――吐け」


その瞬間、コトンと音がしてウォーレスの手から何かが落ちた。

見ると、絨毯の上に落ちたそれは鍵のようだ。

ディランは鍵を拾い上げ、ウォーレスの目の前で揺らす。

「これは何だ？」

「そっそれはその」

「何の部屋の鍵だ？　テレーザが潜伏していた船室か」

厳しい声で問い掛ければ、ウォーレスは目を泳がせたまま恐る恐る答える。

まだ完全に情報を渡す決心がつかないのだろう。

「そ……そうだ。だが僕たちが場所を教えたところで、貴殿がエイヴリルを助けられるはずがないんだ」

「どういうことだ？」

「さっき、エイヴリルは二等船室区域に行って行方不明になったといっただろう？　それなら、この部屋に捕らえられている可能性が高い。むしろそうだと思う。なぜなら、商品が不足していたから……」

商品、という響きに嫌な予感がした。

最悪の展開を予想するディランにウォーレスは投げやりな様子で伝える。

「その鍵を持って、二等船室区域に行き廊下の端を調べるがいい。隠し部屋が見つかるさ。……だがあの部屋には外から侵入者が入ろうとした時点で口封じのためにためらいなく商品を殺し、海に飛び込んで逃げようとするような女しかいないんだよ」

「…………！」

絶句したディランはテレーザに視線を送る。

確かに、こんな状況なのに彼女は青ざめながらもそこまで動揺はしていない。それどころか、気が強そうな眼差《まなざ》しでこちらを睨み返してくる。

「ん？　なによ？」

ランチエスター公爵家でのテレーザの振る舞い——悪事が明るみに出た瞬間に彼女が二階の窓から飛び降りて脱走したことを思えば、ウォーレスの発言は事実にしか思えなかった。

焦り始めたディランの耳に、外からボーッという長い汽笛の音が届いた。

どうやら間もなく港に着くらしい。

(商品というのなら、どこかの港で誰かの手に渡る可能性が高い。それが次ではないという保証は

ない）
間違いなく時間がなかった。

「――テレーザが捕まったらしい」

ついうとうとと微睡《まどろ》んでいたエイヴリルは、この部屋を見張る悪女たちがこそこそ話し合う声で目を覚ました。

（いけません。ついうっかり眠っていたようです）

普通なら眠れない場面なのだろうが、昨夜のエイヴリルは豪華客船に乗れることがとても楽しみだった。

豪華客船に関する本を読破してしまったし、何度も持ち物を確認した。

もともとどんな状況でもわりと健やかに眠れるタイプではあるが、新婚旅行が楽しみで夜更かしした結果、このありさまである。

（一体今は何時なのでしょうか？）

捕らえられている女性たちの寝息を感じながら時計に目をやると、時間は午前六時になるところだった。

どうりで、唯一の小窓から光が差し込んでいるわけだ。

悪女たちはエイヴリルが目を覚ましていることに気がついていないらしい。会話を続けている。

「テレーザが捕まったってどういうことだい」

「二等船室のウェルカムパーティーへ遊びに行って、そこで男たちに捕まったらしい。現場を見た人間がいる」

「男たち、ってそれはテレーザの遊び相手じゃないのかね？」

「それが、営業担当のウォーレスも一緒に連れて行かれたみたいで、遊びじゃないみたい。今回の移送の指揮をとっているトマスにも相談して調べてもらってるけど、どこに連れて行かれたのかはわからないって」

「……そうか。面倒なことになったたね」

（なるほど。やはり大きな組織があって、トマスさんはそのトップに近いところにいるお方のようです。それでいて、パーティーなどで新たな顧客を探していると。コリンナの元カレのウォーレスさんのお名前も出ていますね。彼はトマスさんの配下といったところなのでしょう）

悪女たちの会話から全容が見えたところで、老婆が杖がわりにしていた銃で床をゴンと叩いた。

苛立《いらだ》ちと焦りが伝わってくる。

「だが、女にしても麻薬にしても、アタシたちが扱っている商品のことは知られるわけにいかない。全員首と胴体が生き別れになるよ。テレーザもウォーレスも口を割らないとは思うが……次の港はなるべく早く出港するべきだ。燃料や必要な物資を積んだらすぐに出発できるよう、トマスを通じて社長に連絡するんだ」

「はい」

そうして数人の悪女が外へと出ていった。

部屋の中に残っているのは、見張り役の老婆とキャシーと悪女が二人。

銃の数は全部で五つだ。

目を瞑《つぶ》り直し、静かに聞き耳を立てていたエイヴリルは心の中で頷く。

(きっと、テレーザ様を連行したというその方はディラン様ですね。これで、ディラン様の心労が一つなくなりました。よかったです。ですが、どうしてディラン様はここへ来ないのでしょうか。まさか置き手紙をご覧になっていないのでしょうか?)

エイヴリルは確かに『二等船室区域に行きます』『非常階段から出てきた女の子に誘われました。体調が悪い人がいるようです』という内容のメモを二枚に分けて残した。

察しのいいディランなら二等船室区域をくまなく調べてここへ辿り着くことは容易だろう。

なのに、そうなっていないとなると。

(これはやはりディラン様がメモに気づいていない可能性がありますね。となると、私一人で何とかしないといけません……!)

部屋の中で座ったまま寝息を立てている女性たちのことを薄目で見回してみる。

昨夜、皆の髪を整えながら差し支えない範囲の話をしたことを思い出せば、やる気が湧いてくる。

(皆さんを異国に連れていくわけにはいきません。まずは、港に着いたら船の出港を食い止めることが最優先です)

軽く頷くと、いつの間にか起きていたらしいリンがエイヴリルの袖を引っ張ってくる。

『ねえ、悪女のエイヴリル。あの作戦、もしかして今やればいい感じ？』

『!? いいえ、リンさんにお願いすることは何もありません。ただ私はリンさんにバックヤードの構造を詳しくお聞きしただけで、あの作戦は私がやるのです』

夜明け前、エイヴリルはリンにヴィクトリア号の機関室までの行き方を聞きつつ、これからのことについて説明をした。

けれど、リンに作戦の実行をお願いしたいから説明したわけではなく、エイヴリルがこの部屋を不在にした後に残された女性たちに混乱がないよう、念のために伝えてあっただけなのだ。

(私とリンさんの異国語でのやりとりは、ここを見張っている悪女の皆様にはわかりません。いざというときはリンさんからクラリッサさんに伝えていただいて、皆様に落ち着いた行動を促す予定でした)

しかし、リンはあまりエイヴリルの話を聞いていないようだった。止める間もなく立ち上がると、老婆に話しかける。

『ねえ、おばーちゃん。外に行きたいんだけど。退屈だよ。いつもみたいに外に出して？』

「うるさいね。もう起きたのかい、朝から騒ぐんじゃないよ。アタシは機嫌が悪いんだ」

『リンさん！ 危険ですからこちらへ』

エイヴリルは慌てて止めたが、リンは地団駄踏んで続ける。

『外に行きたい！ あっちじゃなくていつもみたいにこっちからでいいから。ねっ？』

リンはそういうと機関室に繋がるという扉を指差した。

言葉は通じていないのに、老婆もひどく面倒そうにリンに応じる。

「アタシは子どものキンキン声が苦手なんだよ。そっちの扉から外に放り出して静かにさせな。いつものことだ。どうせ、言葉が通じないんだし裏で誰かに会っても問題ないよ」

「だけど、いつもはこの子が勝手に脱走してるんでしょう？　逃げられるのとこっちから放り出すのじゃわけが違うわ。もしかして、次こそ誰かに何か話すかも」

「それなら誰か見張りを……って」

キャシーの言葉に老婆は機嫌が悪そうに悪女たちを見回す。

そのついでに、あるものに目が留まったらしい。目を丸くして呟く。

「あれ。この子たちの髪型はどうしたんだい。全員が貴族のお嬢様みたいな髪型しちゃって……」

それを聞き逃さなかったエイヴリルはハイと手を挙げた。

「私がやりました。悪女ですから」

「おっ……おう、そうかね。すごいね、これは。売るために磨く手間が省けたよ。全員が一割〜二割増しで売れるんじゃないかねえ」

（！　これはいい流れですね）

瞬時に察知したエイヴリルは作戦を変更することに決めた。

ということで、悪女らしくにこりと笑ってみせる。

「そう思って、娼館や貴族のおじさま方に特に好まれそうな髪型にしました。私、悪女として皆さんのお役に立てましたでしょうか」

本当はそういうところで好まれる髪型のことは全くわからない。

けれど、よくよく見てみるとここの女性たちの髪型はランチェスター公爵家の別棟に住んでいる愛人たちが好むものに似ている気がする。

薄暗いし、これは押し切れるだろう。

エイヴリルが考えた作戦を実行するなら、悪女たちの味方だと思われているに越したことはないのだ。

「ふーん。あんたは機転が利くね。そんじょそこらのお嬢さんじゃなさそうだ」

「だから言ったでしょう？　この子は有名な悪女だって」

キャシーが老婆へ得意げに説明したところで、一人の女性が勇気を出して挙手したようだった。

「あっあの」

「あん？　何だね」

「その……この悪女の人は、娼館に売られるのならこの髪型がいいって言いました」

（……!?）

ちょっと待ってほしい。

一体どういうことだ、とエイヴリルは目を見開いたが老婆と女性は気にしないで話を進めていく。

「本当かね？」

「はい。私は嫌だって言ったのに……ボサボサの赤毛もこうして整えるとちょっとはマシになるって。でも私、異国の娼館に売られるのなんて嫌です……っ」

そういうと、女性は両手で顔を覆ってしまった。

けれどエイヴリルはこの彼女とはわりと仲良く楽しく話しながら髪型をセットしたはずなのだ。娼館に売るなんて話した覚えはない。

こんな嘘をつかれるなんて。もしかして自分は彼女の気に障ることをしてしまったのだろうか、と一瞬戸惑ったもののすぐに別案が浮かぶ。

(もしかしてこれは――私の狙いを汲《く》んで話を合わせてくださっている?)

すると、別の女性も恐る恐る手を挙げた。

「わ、私もです……。この髪型は貴族の遊び人のおっさんが好きな髪型だって言って……確かにかわいいけど……私、おっさんに売られるのは嫌っ……」

彼女もまた両手で顔を覆い嗚咽《おえつ》をあげるが、涙は見えない。

そうして、次々と手が挙がっていく。

「私も高級娼館で流行《はや》っている髪型にされました、泣きたいです」

「こっちも見てください、私の髪型、場末のホステスみたいじゃないですか?」

「私もエロジジイ好みの髪型にされました……嫌だって言ったのに……ぐすん」

(み、皆さん……演技力がすごいですね)

女性たちは口々に『悪女のエイヴリルに高額で売り飛ばせる髪型にされた』と言っている。

それを聞いていたキャシーはものすごく得意になったようだった。

「ねえ、だから言ったでしょう？　この子はこっち側だって。大丈夫よ、この子なら使っても」

「ふーん。わかったよ。……あんた、エイヴリルと言ったね」

「はい、悪女のエイヴリルです」

もう一度挙手してにこりと微笑む。

老婆はエイヴリルを上から下まで舐《な》めるようにして見た後、リンを指差す。

「その子どものお守りを命じるよ。そっちの扉からバックヤードに行ってその子をなだめてきな。ただし、戻って来なかったら……承知しないよ。ここにいる商品全員が人質だ」

そうして老婆は積まれた木箱を銃でがしゃんと叩いた。

女性たちの間に緊張が走ったのがわかるが、誰一人としてパニックになる者はいない。

(皆さん……リンさんがおばあちゃんに話しかけたことで、私たちが何かしようとしているとお思いになったようです。そして、怖いはずなのに私たちを信頼して任せてくださっている……ただ、髪を結いながらお話をしただけなのに)

ここに長く閉じ込められているのにもかかわらず、心が折れることなく一縷《いちる》の望みに賭けたいという女性たちの気持ちが伝わってきて胸が熱くなる。

ならば絶対に失敗するわけにはいかない。

改めて決意を固めたエイヴリルは悪女らしく微笑んだ。

「かしこまりました。ではこちらのリンさんと一緒に少し外へ出させていただきます。リンさんの様子が落ち着いたらまたこちらに戻ってまいりますわ。悪女ですので！」

「ああ、頼むよ」

老婆の一声でバックヤードへと続く扉の鍵が開けられた。

銃を持った悪女が扉を開け、エイヴリルとリンに通るように促してくる。

『リンさん。そちらの扉から一緒に外へ行きましょう』

『？　ふうん？　出ていいんだ？　やったね』

（本当は、私が本気で悪女を演じてキャシーさんたちの仲間になり、信頼を得て一人でバックヤードに行くつもりでした。最近、悪女になりきることが多かったので慣れていますし問題なかったのですが……自然に悪女だと思っていただけたのは幸運ですね）

そんなことを考えながら、エイヴリルはポケットの中に入っている祖母の形見のネックレスをスカートの上からぎゅっと掴む。

パパラチアサファイアが使われているそれは、ディランが買い戻してくれた何よりも大切なものだ。肉親の唯一の形見であるとともに、ディランとの思い出の品でもある。

普段はなくさないようにしまっているのだが、今回は『新婚旅行』なのでなんとなく持ってきていた。

（……これを持ってきていてよかったです）

これから、このネックレスを何に使うのかと思うと心が痛くなる。手放したくない、かけがえのないものだ。

――けれど。

もう一度スカートのポケットを握り、その感触を確かめたエイヴリルは、リンとともに扉を出たのだった。


バックヤードに繋がる扉の先は、人間がやっと一人通れるぐらいの狭い通路になっていた。

なるほど、これならば女性たちが逃げようとしてももたもたすることは容易に想像がつく。

(リンさんに事前に聞いていた通りの造りです。こちら側の扉の管理が甘かったのはこういう理由なのですね)

狭い通路を何とか通り抜けると、広い無機質な空間に出た。

壁や天井には剝き出しのパイプが張り巡らされていて、まさにバックヤードという場所である。

『エイヴリル、機関室はこっちだよ』

すっかり慣れているらしいリンはエイヴリルの手を引いて案内してくれる。

階段を下りていくと、室温が上がって熱気が伝わってきた。機関室に近いのだろう。

『この先におじさんたちがいる。何喋ってるのかお互いにわかんないけど、いい人たちだよ』

『なるほど。リンさんがそうおっしゃるのでしたら安心です!』

もたもたしている時間はない。もうすぐ次の寄港地に到着してしまうのだ。出港を止めるには、それまでに交渉を終えないといけない。

そうっと扉を開けると、会話が聞こえてきた。

「どうなってるんだ。次の寄港地では半日停泊するはずが、半刻《はんとき》で出港するようにというお達しがきてる」

「それ、燃料や物資の補給は間に合うのかよ」

「マートルの港でたっぷり積んであるから問題ないが……何だってこんなに急ぐんだか。クルーズも兼ねた豪華客船のはずなのにちっとも遊べやしない」

(おばあちゃんやキャシーさんからすでにお知らせが行っているみたいですね)

なるほど、と頷いたエイヴリルは早速声をかける。

「はじめまして、機関士の皆さん。少しお話をさせていただいてもよろしいでしょうか」

ムッとする熱気の中、立ったまま朝のコーヒーを飲んでいた機関士たちは、突然現れたエイヴリルを見て怪訝そうにした。

「君はどこから入ってきたんだ？　ここは危ない、一般客は立ち入り禁止だぞ」

「勝手に申し訳ございません。ですが私はこのバックヤードに繋がるお部屋におりまして」

「ん？　ここは従業員専用の通路からじゃないと入れない立入禁止区域のはずだが」

三人の機関士の中で一番のベテランらしい男性の反応に、エイヴリルは察した。

(この方たちは船の一部区域に隠し部屋があることをご存じないようです。もしかしたら事情を知れば味方になってくれるかもしれません)

すると、リンがエイヴリルの背後からひょっこりと顔を出す。

『ねえ、何飲んでるの？　わたしにもほしいな』

「あっ、またお前か」

するとＩ、顔見知りらしい機関士たちの表情が少し柔らかくなった。

リンがしょっちゅうあの部屋を抜け出してバックヤードに来ているというのは本当なのだろう。

『なんか香ばしい香りがする。お酒じゃなくてこれなぁに？』

「ここは遊び場じゃないんだ。危ないから来るなと言ってるのに」

『見たことない飲み物だね』

「ん？　もしかして、このカップの中身が知りたいのか？　これはコーヒーだよ。コーヒー」

『こーふぃー、ってなんだろ。黒いね』

「お前もどうしていつもこんなところに来るんだ。両親と一緒に船の旅を楽しめばいいものを」

「この客船には子どもが好みそうなものが置いてない、探検して回るのも無理もないさ」

「確かに」

リンを中心にして会話が進んでいる。

無邪気なリンは彼らと仲が良くかわいがられていることがよくわかる。

そして、一方のエイヴリルは状況を把握しつつも目を輝かせていた。

（ここがヴィクトリア号の機関室……！　本で見たのとほぼ同じです……！）

「わぁ。ここもそこもここもここも！　全部本で読んだのと同じですね！　こんなに大きなエンジンがヴィクトリア号を動かしていると思うと何だか興奮します……！　この船には同じ形のエンジンが三つ。奥に見えるのはボイラーですね。ヴィクトリア号は石炭を燃やして蒸気を発生させエンジンを動かす仕組みの蒸気船です。他にも、船内の電力を供給している場所でもありますね。たえず石炭をくべて燃やし続ける火夫や機関士の皆さんには頭が下がります……！」

本で見たものが目の前にそのままある。

いつだって、本で学んだものの実物を見られるときは、とんでもない喜びを感じるのだ。だてに実家で隠されて育っていない。

こんなに大きな豪華客船の巨大なエンジンを前にしてしまったのだからなおさらである。

（そういえば、以前ディラン様に悪女として連れて行っていただいたサロンコンサートの古城もすごかったですね）

あのときもわくわくして夢中になりディランに笑われてしまった。

そのディランは今どこで何をしているのだろう。テレーザを捕まえた後、自分のことを捜してくれているのだろうか。

（メモなど残さずに、ディラン様に直接確認してから二等船室区域に行くべきでした。きっと心配されていることでしょう……）

そんなことを考えたところで、一人の機関士がぽかんと口を開けて自分を見ていることに気がついた。

「あら？　なにか？」

「いや……見たところあんたは一等の客だろう。どうして船の機関室なんて見て興奮しているんだ？　普通、最上階のデッキからの景色とかスイートルームの豪華さとか夜な夜な繰り広げられるパーティーに夢中になるものなんじゃないか？」

「ええと、そういう遊びには飽きましたから」

別に今は悪女を演じる必要はないのだが、エイヴリルを悪女だと思い込み褒めてくれたリンの手前、ちょっと大人ぶりたくなった。

エイヴリルと機関士の会話を聞いていたリンは言葉がわかっていないのに「さすが……！」というキラキラした瞳でこちらを見ている。

ちょっとうれしくなってしまったが、喜んでいる場合ではないのを思い出す。

（いけません。こんなことをしている場合ではありません）

そう思ったところで、エイヴリルはあることに気がついた。

「あら。こちらのボイラーからは異音がしますね。もしかして故障中なのでしょうか」

「よく気がついたな。これは上部の部品が劣化して破損したところなんだ。ボイラーのうち故障しているのは一つだけだから問題はないが、できればすぐに修理してしまいたい」

「部品はあるのですか？」

「ああ。だが、故障に気がついたのがついさっきで、人手が足りなくて後回しになっているんだ」

（なるほど。夜が明けると乗客も船員も活動が活発になります。大きなエネルギーが必要になるのは当然ですね。このボイラーの修理に割く人員と時間がないのは当然のことです）

エイヴリルはランチェスター公爵家のボイラーなら自分で修理できるし、豪華客船の機関室の構造は大体頭に入っている。

ということで、元気よく手を上げた。

「私、手伝います」

「は？　お嬢さんが？　これの修理を？　何言ってんだ？」

「いいえ、手伝うのは向こう側です」

「は？」

心底意味がわからないという顔をした機関士に向け、部屋の奥を指差す。

すると、彼はますます首を傾げたのだった。


ということで、エイヴリルは別の部屋でボイラーに石炭をくべていた。

重いスコップを持ち、石炭を掬《すく》って火の中に放り投げるとそれは赤く燃えさかって消えていく。

「あんた……職業体験か何かか？　にしても、何でこんなところへ……？」

目の前の光景が信じられないらしい火夫が顔を引き攣らせているが、エイヴリルは気にしない。

「お仕事はそれなりに慣れています。向こうのボイラーの修理をするのに人員が必要だと聞きまして、その間私が代わりにここを手伝わせていただきます」

「いや……ありがたいんだが……その……？」

火夫は、どうしても事態に納得いかないらしい。

確かに、エイヴリルが着ている服はパーティー用のドレスではないもののそれなりに高級だとわかる品だし、言葉遣いだって上流階級の客だとわかるだろう。

そのどこぞの令嬢かご夫人っぽい女が、楽しそうに石炭をくべているのだから、困惑するのも無理はなかった。

(ボイラーは船の動力の要です。素人の私が修理を手伝うのはあまりにも危険すぎます。たくさんの命を預かる大切なお仕事ですから。でしたら、私は石炭をくべましょう)

もっともらしい言い訳をしている自覚はある。

だって、エイヴリルは二日前に豪華客船の構造に関する本を読んでからずっと石炭をくべてみたかったのだ。

少し離れた場所でリンが『エイヴリルがんばれ〜!』と応援してくれる。

手を上げて応じたエイヴリルは、そのままその手で額を拭く。

汗と石炭が滲んで真っ黒だった。

その姿を見た火夫がますます引いている。

「も、もういいよ。誰か代わりの人間を呼んでくる……っつーか、そろそろ向こうの修理も終わる頃だし」

「まぁ。もう終わってしまうのですか? すごいです」

「あ……ああ?」

(ここに来てからまだ十分ほどしか経っていないのではないでしょうか?)

そう思ったところで、さっきの機関士の一人が顔を出した。

「修理、終わったぞ……ってうわっ!? あんた、本当に石炭をくべたのかよ」

「はい。貴重な経験をさせていただきました」

にこりと微笑めば、ドン引きし呆気に取られていた火夫と機関士たちは顔を見合わせて笑い出す。

「すごい令嬢がいたもんだな」

「普段ここで石炭をくべながら、『上では華やかなパーティーやってんだろうな〜落としたフォークを自分で拾うことがない生活、いいな〜』って話してるのが馬鹿らしくなったわ」

「ええ、私はフォークを拾う側ですね」

ついうっかり本音が口から滑り出たところで、リンがこそこそと耳打ちをしてくる。

『悪女ってすごく計算高いんだね。さっき皆の髪を結ってあげたのも、いま石炭をくべるのを手伝ったのも、全部相手の心を摑んで作戦をスムーズに進めるためなんでしょ？　さっすが悪女！なんてかっこいいんだろう。憧れちゃうよ』

『えっ……？　え、ええ……まぁそうですね』

そういえばそうだった。

エイヴリルはここに船を停めてくれるようにお願いしに来たのだ。

興味深い経験をして楽しんでいる場合ではない。

（しかも、皆さんの髪を結って差し上げたことがいい結果に繋がったのは偶然ですし、石炭はただ私がくべてみたかっただけです）

しかしリンにはなるべく黙っていようと誓う。せっかく喜んでくれているのだ、できるだけ悪女のイメージを壊したくない。

それにそろそろ本題に移らないと。ということで、エイヴリルは用件を慌てて切り出した。

「あの、皆様にお願いがあります」

「何だ？　石炭はもう間に合ってるぞ」

「いいえ、そういうことではなくて――この船を次の港、コイルで停めていただきたいのです」

「……は？」

ついさっきまでエイヴリルの奇行に首を傾げていた男たちは、全く意味が摑めていない様子だった。

一人の機関士がぽりぽりと頭をかきながら教えてくれる。

「ん？　一応、次の港では半刻ほど停まることになっているが。そのことか？」

「いいえ、半刻では足りません。一日――いいえ、できれば合図があるまでこのヴィクトリア号を港に停めてほしいのです」

「どうしてだ？」

エイヴリルのペースに呑まれていたはずの男たちに、冷静さが戻ってくる。それを感じ取りながらエイヴリルは続けた。

「私とこの少女、リンさんはこの船内の隠し部屋に閉じ込められています。そこには私たちのほかにも大勢の女性がいて、異国で娼館に売られるのを待っています。皆、誘拐されて連れてこられた女性です。次の港を出てしまったら、私たちに逃げる術《すべ》はなくなってしまうんです」

「何を言っているんだ？　まさか、この船にそんな」

当然、機関士は全くエイヴリルの言うことを信じていないようだった。

困ったような笑みを浮かべたが、リンに視線を送りハッとしたようだった。

「……そういえば、お前はいつも一人でここをうろついているよな。家族で乗船しているにしてはいつも一人でこんなところへ来て不思議だと思っていた」

『ん？　私？　そう、言葉が通じないけどなんか言ってることはわかるかも。そうそう、だからここで食べ物ほしいなって。かったいパンだけの暮らしにあきちゃってさ』

言葉が通じないリンの代わりにエイヴリルが説明する。

「リンさんはずっと部屋に閉じ込められていて、満足に食事ができていないそうです。それなのに、病気になった友人を助けるために船内を動き回っていたのです」

「まさか……嘘だろう？」

初めは全く信じてくれる気配がなかったが、一つ繋がると真実味が増したらしい。

機関士たちの顔色が変わり緊張感が満ちていくのを感じて、エイヴリルは彼らをまっすぐに見据えた。

「すべて本当のことです。私たちは銃で脅され、逃げられません。もし今私たちだけをバックヤードの通路から逃がしてくださったとしても、残された女性たちが殺されます。無理に乗り込んでも同じことが起きます」

「だから港で船を停泊させてほしいと？」

「はい。私とは別に外で動いてくださっている方がいます。きっと船が出港さえしなければ、その方が何とかしてくれると思うんです」

(ディラン様はあらゆる可能性を考えるでしょう。だからきっと大丈夫です)

唇を噛んで、エイヴリルはポケットの中のネックレスを握った。

一方、エイヴリルの様子をじっと見つめていた機関士はとても迷っているようだ。

こめかみを押さえ、眉間に皺を寄せている。

「だが……俺たちの一存で船を止めるわけにはな……。一応、俺たちはこの船を運行する会社に雇われた機関士や火夫なんだ。上から命令もないのに動いてクビになるわけにはいかない。それに事情を知らない乗客たちからは苦情が出るだろう」

(やはりそうなりますよね)

「その通りです。私たちに加担することで、皆さんに不利益があってはいけないのはわかります。犯罪者が捕まれば問題ありませんし私はそうなると思っていますが、皆さんには信じがたいことでしょう」

「まぁな」

言葉を濁す機関士の前に、エイヴリルはポケットから取り出した宝石をしゃらりと揺らした。

ゴールドのチェーンの先に揺れる、赤みがかったオレンジ色の美しい宝石。

この宝石の名を知らない者でも一瞬で魅了する特別なネックレスだ。

(これは、おばあ様の形見です。そしてディラン様が私のために手を尽くして買い戻してくださった大切な思い出の品でもあります)

その大切なネックレスを機関士の目の前で揺らしたエイヴリルは真剣に告げる。

「これは相当な価値がある宝石です。皆様への報酬の担保としてこれをお渡ししますし、もし皆様が職を失ったとして、新たな職場や生活費を必要とする場合は請求してくだされば後日お支払いします。――我が、ランチェスター公爵家が」

「ランチェスター公爵家、って」

機関士が目を見開き、ごくりと喉を鳴らしたのがわかった。

普段のエイヴリルは、ランチェスター公爵家の名前を使うことはあまりない。

公爵家に嫁いできたばかりのころ、悪女のふりをしながらショッピングをするときなどは無理に名前を振りかざしていたが、いつもはできるだけ名前に頼らないように気をつけている。

すべてはディランの評判に直結するからだ。

(ですが、今は名前を使うべきでしょう。人の命がかかっています。このネックレスと家名の二つで彼らを動かせるのなら)

ちなみに、彼らに支払う予定の報酬のもととなるのは、エイヴリルが自分で稼いだ金だ。

少し前にエイヴリルの助言で納税が猶予された新興の商家があったのだが、そのおかげで業績を回復した商家は定期的に多額の寄付をしてくれている。

それは領民のために使ってもありあまるほどの額で、ディランがエイヴリル名義で貯金してくれているのだ。それがまさかここで役に立つとは。

けれど、彼らに助けを乞うエイヴリルは半ば祈るような気持ちだった。

半刻で出港してしまったら、いくらディランが手を尽くしてくれても女性たちの居場所が見つけられない可能性がある。

自分だけなら逃げられなくもないが、そもそもエイヴリルにはその選択肢がなかった。

さっきまで好き勝手に振る舞っていたはずのリンは空気を読んで目だけを動かし、機関士の後輩らしき男や火夫たちはエイヴリルを信じられないという目で見る。

十秒ほど時間が経っただろうか。決心したように機関士が告げてくる。

「──それは、しまっていい」

「え？　ですが、たくさんの女性の命がかかっています。どうか考え直してはいただけないでしょうか……！　それにこの宝石は本物です。手に取っていただければすぐにわか──」

追《お》い縋《すが》るエイヴリルの言葉を機関士は遮る。

「ここに来たときから、スカートのポケットを大事そうに何度か握っていたから何が入っているのかと思えば……。そのネックレスは大事な人にもらったものなんだろう？」

「……はい」

確かにそれはそうなのだが、エイヴリルは何とか彼らに動いてほしいのだ。

もう一度説得のために口を開こうとすると、機関士はニヤリと笑った。

「報酬はいらない。俺たちにだって船乗りとしてのプライドがある。乗客が困っているなら助けるのが当たり前だ。そうだろう？」

続いて、周囲からも声が上がる。

「そうだ。その部屋に捕らわれている女性たちが異国に連れて行かれないよう全力で船を止めるよ。石炭までくべられちゃあな」

「港町で遊びたかったし、停泊する時間が延びるのも悪くない。合図があるまででいいんだな？　マートルの街でのように、数日停まってもいいぞ」

「お前まだ遊び足りなかったのかよ」

賑やかに交わされる会話に、エイヴリルは目を瞬いた。

（つまり、これは……！　船の出港を遅らせてほしいという頼みを聞き入れてもらえるようです）

「……皆さん、ありがとうございます」

精一杯の礼を込めて深く頭を下げると、状況を理解したらしいリンがぱぁっと笑みを浮かべる。

『エイヴリル、もしかして交渉うまくいったの？』

『ええ。港に着いたら指示があるまで船を停めてくれるそうです』

『やった。よかったね！』

『これで、あとはディラン様が助けてくれれば問題ありません』

『だれそれ？　でもよかった！　これでみんな異国に連れて行かれなくて済むね』

手を取り合って喜んでいると、機関士は心底不思議そうな顔で聞いてくる。

「しかし、何だってボイラーの修理をさせたんだ？　一つが壊れていれば、もしかしたら何もしなくても次の港で停船させられたかもしれないっていうのに。もちろん、それぐらいで半刻で出発するという上の指示は覆らなかったと思うが」

「この船で働く皆さんは乗客の命を預かっていらっしゃいますから。海の上ではなるべく万全の態勢でいられるようにお手伝いするのは当然のこと。つまりそれはそれ、これはこれです」

「それ……これ……なるほど」

エイヴリルの言葉を繰り返した機関士は感心したように続けた。

「ランチェスター公爵家といえば、好き者――いや失礼、変わり者の公爵閣下が治めていた時代が長かったように感じたが。もしかして今は代替わりをして随分まともになっているんだな」

「……はい。今のご当主はとても素敵な方です」

エイヴリルが微笑んでそう答えれば、なぜか機関士たちはそれぞれ目配せし「はいはい。わかったぞ」「公爵ご本人はまともになっても女の趣味が変わっていそうだな」と笑い合ったのだった。


石炭をくべ、機関士たちを説得したものの、エイヴリルがリンと一緒にバックヤードで過ごした時間は半刻にも満たなかった。

石炭のせいで黒くなってしまった顔を拭き拭き監禁部屋に戻ると、キャシーが扉の前で待っていた。

「よしよし、ちゃんと戻ってきたわね……ってあなたなんか顔が黒くなってない？　子どもの見張りをしに行っただけなのに、いったい何があったのよ!?」

（その気持ちはよくわかります）

そう思いながら、エイヴリルはハンカチで顔を拭き直す。

「お見苦しいものをお見せして申し訳ありません。機関室の方から煙が流れてきて、こんなことになってしまいました」

「ふーん？　よくわかんないけど、どこからどう見ても黒すぎるわね。うん、黒いわこれ大丈夫かしら？」

「黒いと何か問題でも……？」

首を傾げれば、入港を知らせる汽笛の音が鳴り響く。

いよいよ港に到着するのか、間に合ってよかった……とほっとするエイヴリルだったが、キャシーは他の悪女たちに目配せをした後、妖艶に微笑んだ。

「よかったわね。あなたのことを高く買ってくれるかもしれない人が次の港で待っているみたい」

「えっ？」

「電信を使って、あなたの買い手を次の港——コイルの街にいる仲間に探してもらっていたの。偶然、大富豪のおじさんがコイルの街を訪問していて、あなたにとっても興味を示しているそうよ。悪女としていろんな男を騙して貢がせるのもいいけど、彼に買われるのも悪くないと思うわ。だって私たちの懐が潤うもの」

「キャシーさん？　なんてことを……」

ここで出会ったときの会話を踏まえると、この悪女たちから逃れられなければ自分も誰かに売られるのは理解していた。

けれど、まさか翌朝に売られるとは、スピード展開がすぎるのではないか。

あまりの展開の早さに遠い目をしようとしたエイヴリルだったが、キャシーはその時間すら与えてくれない。

上機嫌で驚愕《きょうがく》の名前を告げてくる。

「あなたを買ってくれる男の名前はね――ブランドン・ランチェスターっていうの。かつては好色家の老いぼれ公爵閣下、として名を馳せた変態オヤジよ」

「……はい？」

普段エイヴリルはあまり驚くことがない。

でも今回ばかりは違った。

自分が売られるという事実よりも何よりも、自分を買おうとしている人間の名前に聞き覚えがありすぎたのだ。

（ブランドン・ランチェスターさんって……その……あの……つまり前公爵様ですね？）

閑話◆巻き込まれた男

その日、ブランドン・ランチェスターは鉄道を使って公爵領から少し離れた海辺の街、コイルを訪れていた。

「この街はいいな。あいつの匂いがしない」

街の景色を眺めて唇を歪め不機嫌に笑えば、付き添いでやってきていた別棟の家令は愛想よく微笑む。

「ディラン様のことでございますね。確かに、ディラン様に代替わりをしたランチェスター公爵家は雰囲気が変わりましたし、ディラン様が戻ってからはマートルの街に活気が出たように思います」

「あいつの名前を出すな。そして褒めるな。不愉快だ」

ブランドンは葉巻を投げ捨てて歩き出す。

それを家令が慌てて拾って追いかけてこようとしているが、気にせずに歩く速さを上げ、定宿にしているホテルへと入ったのだった。

(国王陛下に勧告されてディランに爵位を譲ったが、すぐに立ち行かなくなって私のところに戻ってくるはずだった。それがどうだ、実際にはすべてがうまくいっている。まるで、私がしてきたことが間違いだったとでもいうように)

息子のディラン同様、ブランドンも若いときはそれなりに優秀でもてはやされた記憶がある。

家柄だけでなくルックスにも恵まれ、いつも周囲には女性たちが群がり、我が世の春を謳歌《おうか》していた。

ディランは言い寄ってくる女性たちをまとめて『うっとうしい、わずらわしい』と思っているようだが、ブランドンに言わせればあれは甲斐性《かいしょう》のない息子でしかない。

そんな若き日のブランドンは、群がる女性たちを冷たくあしらうのはもったいないと考えた。

ということで、言い寄ってきた女たちの中で家柄のいい女性を選んで適当に遊んでみた。

すると、しばらくして遊んだ女たちの実家から抗議がくるようになった。なるほど家柄のいい女と遊んではいけない。ブランドンは学んだ。

学んだので、次は下位貴族の令嬢と遊ぶことにした。

彼女たちはそれなりに弁《わきま》えているし、連れて歩くのにも悪くない。そう思っていたのだがまた問題が起きた。

弁えていて現実を知っているぶん、逆に大金持ちの次期公爵を捕まえようと本気になる令嬢が出てきてしまったのだ。それも複数である。

これはいかんと手切れ金を積み、彼女たちを切ったはいいが、その頃のブランドンは女遊びなしではいられなくなっていた。

それ以来、反抗も本妻になることも期待しない大人しくて聞き分けのいい清楚な女だけを選んで遊ぶようにした。

一人にのめり込みすぎると情が湧いてよくないので、両手の指の数以上の女と遊ぶようにした。

そして本妻になれることはないと示すため、彼女たちには別棟で暮らさせた。

たまに、別棟を円満に出て行った女から手紙が来て隠し子騒動などが持ち上がることもあったが、多額の現金で簡単に解決できた。

別棟を設けてからの数十年間、ブランドンの毎日は楽しくて平和だったのだ。

目に入れないようにしてきた、前妻とその前妻が産んだ一人の息子との軋轢《あつれき》を除けば。

「――自分を振り回すような女に夢中になるなんて。あいつはどうかしている」

ぶつぶつと毒づきながら、石畳の道を歩くブランドンの脳裏に前妻の顔が思い浮かぶ。

若い頃の奔放な暮らしに変化が訪れたのは、三十代になって少しした頃だ。

これまで遊び呆けていたが、さすがに後継ぎをもうけなくてはいけない。しかし、遊びの女に公爵家の後継ぎを産ませてはまずいのはわかっていた。

それで、遠方の名門侯爵家から妻を娶《めと》ることにした。

こうして遠路はるばる嫁いできたのが、ディランの母アナスタシアだった。

――タウンゼンド侯爵が娘、アナスタシアと申します。

それは、これまでに聞いたことがないほどに美しく澄み渡った声だった。

滑らかで美しいブロンドヘアに、優しげな菫色《すみれいろ》の瞳。凛《りん》とした立ち姿でこちらを見つめている一人の令嬢に、ブランドンは圧倒されてしまった。

しかし圧倒されたとはいっても、決して好意を抱いたわけではない。

これまで相手にしてきた女たちとはあまりにも違い過ぎて、どう扱ったらいいのかわからなかっただけだ。

しかも、ブランドンは面倒ごとは嫌いだった。ということで、接し方がわからないアナスタシアのことは放っておくことにした。

どうせ政略結婚だし、十歳以上も年上の男に嫁がされることになった向こうだってそのつもりだろう。

形ばかりの夫婦としての関係は、ブランドンにとって楽で居心地が良かった。

だが、アナスタシアの方は何か不満があるようだった。

結婚して一年ほどが経ちディランが生まれたが、その頃からはほとんど会話をした覚えがない。

形式上の妻はいつもこちらを軽蔑したような目で睨み、美しい顔に微笑みを浮かべることすらない。

そのせいで、ブランドンが元妻の冷たい顔以外の表情を思い出すとなると、決まって初対面の日の可憐《かれん》な挨拶の記憶を引っ張り出すことになる。

ほかに、微笑みを向けられた覚えがないからだ。

（死んだ母によると、あれは愛人たちの存在に嫌悪感を示していたようだな。おまけに、屋敷内のことを取り仕切ろうとする。あの女——アナスタシアは、自分が形ばかりの公爵夫人なのだと理解していなかった。大人しそうに見えて、思い通りにならない女だ)

そしてディランが十歳になったころ、アナスタシアは離縁を申し出てきた。

厳密にいうと、離縁を申し出たのは本人ではない。アナスタシアの父親である、タウンゼンド侯爵が北の領地からやってきて、彼女を連れ帰ったのだ。

実はブランドンには離縁の理由ははっきりとはわからない。

なぜならば、離れに入り浸っているうちにある日突然激怒した侯爵がやってきて、ろくに話もせずアナスタシアを連れて行ったからだ。

そのときは呆然としたものの、ブランドンは過ちを認めなかったし、生活を変えることもしなかった。

自分がしてきたことは間違いではない。

公爵家が潰れない程度にのらりくらり領地を経営しつつ、自分の好みの女たちを周囲に置いて楽しく暮らす。

何事にも本気にならない、快楽に溺れて過ごす毎日こそが、最も価値のある人生なのだ。

多くの人間がそうしないのは、財力も外見的な魅力もないからだ。

——と本気で思っていたのだ。

(なのに、なんだあのエイヴリルとかいう女は。私のことを尊重もせず偉そうに振る舞い、完全にランチェスター公爵家を馬鹿にしている。……が、なぜかこう頓珍漢な行動も多くて憎めない。手

に入れたいとはまた違うが……見ていると、自分の人生が間違いだったたような気がするんだ）

ディランの婚約者はひどい悪女だと聞いていたし、実際に接した愛人たちも口を揃えて『ひどい悪女ですわ』と言っていた。

けれど、ディランを椅子にしてお菓子を食べさせられて目をぱちぱち瞬く姿はまるでウサギかハムスターか未知の生き物のようだった。

つまりどう考えてもあの女は変だ。

そしてそんな二人を見ていて、ブランドンは自分にありえたかもしれない未来に気がついてしまったのだ。快楽に心を奪われることなく、公爵家の主人として幸せに過ごす人生に。

そう思ったら、気がつくと書斎の書類に手を出していた。

かつては面倒にしか思えなかった書類だったが、今はなぜか懐かしさと苛立ちにも似た感情に襲われて困惑した。

書類に一度手を出したら戻せなくなり、母屋勤めのメイドに言いつけてまで書類を集めようとしてしまった。

一度踏み入れたら引き返せない。

こういうところが、自分が別棟に愛人が暮らすハーレムを作ってしまった理由なのだろう。

失われた時間を取り戻すように公爵様ごっこを始めてみたら、秘書も探したくなった。

かつて自分の側近を務めていた男に連絡を取ろうとしてみたが、引退して以来音信不通になっていたことに気がつく。

思えば、彼は公爵家への忠義に厚い男だった。離れに入り浸る自分には何も言わなかったが、とうに愛想を尽かされていたのかもしれない。


回想を終えたブランドンは、ホテルのスイートルームにいた。

そうして、家令に居丈高に言い放つ。

「昨日、このコイルの街に到着したついでに、秘書として適任の者はいないか問い合わせを入れておいた。連絡があったらすぐに教えてくれ」

「かしこまりました……ですがどうしてここでお探しに？　マートルの街で探した方がよろしいのでは」

家令の言葉に、ブランドンは表情を歪めた。

「マートルの街や付き合いのある貴族の子息からでは探せない。その辺での私の動きはすべてディランの耳に入るようになっているからな」

「お言葉ですが、ブランドン様が秘書を探していることについては、既にディラン様もご存じのようですが？」

「うるさい。お前たちが話すからだろう」

そこへ、寝室を整えていたメイドのシエンナが奥の部屋から出てきて礼をする。

「大旦那様、寝室の準備が整いました」

「……下がれ」

今回の外出は別棟の家令に加えて、母屋のメイドのシエンナを同行させている。

身の回りの世話をさせるメイドが一人ほしかっただけだ。

いつもならルーシーあたりを同行させて楽しい旅行にするのだが、今はなぜかそういう気にならない。

(シエンナを選んだのはあの女――エイヴリルが褒めていたからではない。決してな)

ブランドンは自分でも理解し難いほどに、心の中を乱されていたのだった。


深夜、そんなブランドンのところに電報が届けられた。

この街に来てからあちこちで『秘書を募集している。良い人間がいたら紹介してくれ』と言っていたはずが、届けられたのは『新しい愛人としておすすめの女性』に関する情報だった。

身から出た錆《さび》とはいえ、腹立たしい。

しかしちょっと興味はある。

息子のディランは別棟を解体しようとしているし、テレーザに逃げられたことで実は自分でも潮時だと思っているが、長年の癖は抜けないのだ。

どんな女が売られるのか、と興味を持ち電報を覗いたブランドンの目に飛び込んできたのは、覚えのある文字面だ。

「〝ヴィクトリア号に乗船していて、明日の朝入港し次第引き渡す〟……?」

もちろん船の名前は知っているし、何度か乗船して遊んだこともある。

船長とも挨拶したことがあって知り合いだ。

あの頃、自分は公爵だった。

失われた未来へ続いたかもしれない、懐かしい過去。

そんなことを思うと会わずにはいられない気がした。

「——朝に港へ行くと伝えろ」

公爵家の主だったころの思い出に夢中なブランドンは、電報の最後の文字に気がつかなかった。

——最高の悪女をお売りします、という文言に。

第五章◆悪女が信じるのは

ヴィクトリア号の隠し部屋にいるエイヴリルは、これ以上ないぐらいに首を傾げていた。

「あの、皆様は、その……ブランドン・ランチェスターさんに私を売るのでしょうか？」

「ええそうよ。あなたも名前ぐらいは聞いたことがあるかしら？」

「はい、あるといいますか間違いなく聞いたことありますね！」

本当にランチェスター公爵家の人間に自分を売ってもいいのか確認したが、キャシーは上機嫌のまま。

まさかエイヴリルがランチェスター公爵家の関係者とは、夢にも思っていないようだ。

（なるほど。仮面舞踏会で出会ったおかげで、キャシーさんは私をアリンガム伯爵家の悪女『エイヴリル・アリンガム』だとお思いなのですね。ランチェスター公爵夫人だとは気がついていない）

悪女のふりしててよかった。

そう思ったエイヴリルだったが、また新たなピンチに気がつく。

（待ってください。確か私は前公爵様に最後にお会いしたとき、とんでもない啖呵《たんか》を切ったような？　自分はランチェスター公爵家をのっとろうとしていて、公爵家のすべては自分のものだとか何とか言ったような気がします……？）

いくら遊び人でどうしようもなくて家名に執着がなさそうな前公爵とはいえ、家を乗っ取ろうとする嫁を助けようとするだろうか。

そして、さらにエイヴリルは前公爵に嫌われることに全力を注いでいたことを思い出す。

ディランに余計な心配をかけないよう、前公爵を遠ざけるために悪女を演じていたことを。

（悪女はお嫌いな前公爵様に「悪女とは途轍もないものだな」という痺《しび》れるお言葉をいただき、うれしかった気はするのですが……現在の状況と照らし合わせると、あまりいい感じではないですね！）

あっさりと考えがまとまったところで、大きな箱が運び込まれてきた。

ちょうど人が一人入れる大きさの、蓋つきの木箱だ。

「これは……？」

煤《すす》けた顔のエイヴリルは首を傾げ、見守っていた女性たちは青い顔をして震え始めた。

そんな中、キャシーは銃を両手で持ち上げるとカチャリと音をさせ、銃口をエイヴリルに向ける。

「この中に入りなさい。外まで運んであげる」

「――――！」

どうやら、自分はこの中に入れられて船外まで連れ出されるらしい。

外に行けるのはありがたいが、そこで待っているのは前公爵その人である。

そこで買ってもらえなければ、自分は船の中に逆戻りするだけだ。

船の出港は止めたし、ここに戻ったとしてもすぐにディランが助けに来てくれると思えば、別に不利益はない。

（……というより、私は絶対に前公爵様に買われてはいけません。ランチェスター公爵家からこのような犯罪組織にお金が流れるのを止めないと。ディラン様が大切にしているランチェスターの名前にかけて）

そう判断したエイヴリルは、ハンカチでごしごしと顔をこすりながら箱の中に入る。

するとリンの不安そうな声が聞こえてきた。

『エイヴリル……！』

『大丈夫です。皆さんにもきっとすぐに助けが来ますから。いざという時は落ち着いて行動するよう、皆さんにお伝えしてくださいね』

にっこりと微笑めば、リンは泣きそうになりながらうんうんと頷く。

リンを抱きしめているクラリッサも青い顔をしているが、辛《かろ》うじて頷いてくれた。

（大丈夫、ディラン様がきっとなんとかしてくださいます）

一方、ディランたちもヴィクトリア号の着岸を確認し、動きが慌ただしくなっていた。

「二等船室区域にこの鍵で開く隠し部屋があるそうだ。調べろ。ただし慎重に行え。こちらの態勢が整うまでは絶対に突入するな」

「承知いたしました」

ディランが側近たちと話をしている中、部屋の中央の椅子に縛り付けられたテレーザとウォーレスは、不満そうな顔をしながら椅子ごと台車に乗せられて運び出されていく。船から下ろし、ブランヴィル王国で逮捕するためだ。

それと入れ替わりで部屋に戻ってきたクリスが険しい表情で告げてくる。

「ディラン様。コイルの街にあるランチェスター公爵家が定宿にしているホテルで妙な動きがあったようです」

「なんだ？」

「そのホテルを今夜の宿泊先として押さえておいたのですが、偶然、昨夜から前公爵様がお泊まりになっていたようです。まぁそれはいいとして、問題はここからです。このヴィクトリア号から前公爵様へ電報が送られ、前公爵様はそれを受けて港にやってくるという知らせが」

「何だと？　その電報の内容は？」

「これから港で愛人の売買が行われるのだと。そして商品として挙げられていたのは〝最高の悪女〟だと」

「……どういうことだ？」

慌ただしく動いていたディランは固まった。

エイヴリルの捜索は時間との勝負だとわかっている。だからこそ、頭の中はきちんと整理されているはずだった。しかし、俄《にわ》かに冷静さが失われていく。

どうしても見つからないエイヴリル。

そして『悪女を売る』という電報。

どう考えてもそれはエイヴリルのことに違いなかった。

ディランはそのまま勢いで部屋を出て、ついてきたクリスに歩きながら伝える。

「船を下り地面に足を下ろした瞬間から、この国の法律が適用される。港で待機している人間に伝えろ。下船する乗客のチェックを細かく行い不審な者がいたら取り押さえるようにと。ローレンス殿下からの遣いに事情を説明し終えたら俺も行く」

「御意」

(トマス・エッガーが本気で隠そうとしていたのは麻薬じゃない。こっち——人身売買だったのか……!)


一方、箱に入ったエイヴリルは台車で運ばれていた。

一応は静かにしている。

もちろん、運ばれながら騒げば前公爵との取引の場へ辿り着くまでもなく、誰かに助けてもらえるかもしれないというのも考えた。

しかしあの犯罪者の集団が銃を扱い、また箱の中からは外が見えないことを考えると、下手に動かない方がいいだろうという結論に達した。

思ったことをそのまま言葉にしがちなエイヴリルだが、必死に口を閉じる。

ところで、箱を乗せた台車は凸凹《でこぼこ》のある道を走っているようだ。

もしかして、地上に下りて石畳の道でも走っているのだろうか。

ゴンゴンゴンと頭や肩が箱の中のあちこちにぶつかって痛い。

(痛いですね！　このままだと、顔が打撲だらけになって腫れて誰なのかわからなくなるかもしれません！　ただでさえ顔が煤けていますし)

キャシーたちはエイヴリルが捕らえた女性の髪型を整えただけで『商品の価値が上がる』と大喜びしていた。

ならば、この運搬用の箱の中ももっと居心地良くしてくれてもいいのでは？

そんなことを考えるエイヴリルを乗せた台車は、車輪の音を響かせて止まった。

箱の中にいても、さっきまでの場所と明らかに雰囲気が違うのが伝わってくる。

風の音がしないし、この箱の外では音が不自然に響いている気配がする。

(どうやら、どこか建物の中に入ったようです……！)

そう思ったのと同時に、真っ暗だった木箱の蓋が開けられて、光が差し込んだ。

その眩《まぶ》しさに目を眇《すが》め、何も見えなくなってしまったエイヴリルの耳に届いたのは覚えのある声だった。

「……黒いな」

それはそうだと思う。

少しずつ目が慣れてきたのでわかった。

箱の上からエイヴリルを覗き込んでいるのは、前公爵——ブランドン・ランチェスターである。

顔が煤だらけのエイヴリルを見て、『黒い』しか感想を持たなかったらしい。

(この黒さのせいで私がディラン様の婚約者のエイヴリルだと気がつかないでいてくだされば問題ないのですが。さすがにそれは無理ですよね)

悪女である自分が前公爵の好みから外れているのはわかっている。

けれど、もしエイヴリルだと気づかなくても薄汚れた格好の自分はアウトだろう。

仮に、前公爵がエイヴリルを買うと言い出すことがあるとしたら、エイヴリルが誰なのか気がついて助けるためだ。

しかし、悪女のエイヴリルは前公爵に嫌われている。

ブランドン・ランチェスターに売られると聞いた瞬間は焦ってしまったが、冷静になれば彼がエイヴリルを買うことはないのだ。

ランチェスター公爵家が犯罪者の集団に金銭を渡すことがあってはならないと思っているエイヴリルとしては、安心していられる気がした。

(前公爵様の時代がどうだったかは知りませんが、ディラン様が治めている今はそんなの絶対にだめですから!)

「……あっ、お前……!?」

煤で汚れたエイヴリルの顔をじっと見ていた前公爵は、やはりエイヴリルが誰なのか気がついたらしい。

しかし、それでも想定の範囲内だ。

エイヴリルはすっくと立ち上がり、恭しく挨拶をする。

「はじめまして、エイヴリル・アリンガムと申します。田舎町では有名な悪女です」

「あっ……？　はぁ……」

「私は夜遊びと火遊びが趣味でして、夜な夜な家を抜け出しております。今回も、抜け出して豪華客船のヴィクトリア号に遊びに行った結果、捕まりました」

「はぁ」

前公爵の呆けた顔を見ると、悪女のふりはいい感じなのではないだろうか。

けれど、呆気に取られたまま相槌をうってくる前公爵の後ろ、ぽかんとしている女性を見つけてしまった。

グレイスと一緒に前公爵に叱られていたメイドのシエンナである。

（シエンナさん……！　母屋のメイドの皆さんには嫌われているはずですので……問題ないとは思うのですが）

確かに叱られているところを悪女的な振る舞いで助けてしまった覚えはある。

けれど、あのときはグレイスに「本当の悪女みたいでしたね」と褒められた記憶もあるのだ。

つまり、誤解を生んだ可能性もあったが今の自分の姿を見たら「あ、やはり悪女だったんだ」と思い直してくれるかもしれない。

ということで、エイヴリルは斜《はす》に構えてにっこりと微笑んだ。

「さて、わたくしはおいくらで買われることになるのでしょうか。決して安くはありませんわね。だって、遊び慣れたとっても有名な悪女ですもの」

悪女としては『自称有名な悪女』というキーワードのほかにもっと具体的なエピソードがほしいところだ。

しかしエイヴリルにはこれで限界だし、前公爵に『こいつは買わない。連れて帰れ』と言わせる分には問題ないだろうと思えた。

なぜか積極的に自分の値段を吊《つ》り上げようとしているエイヴリルを見て、台車を押してきた犯罪者たちもペースに呑まれたらしい。

元の請求書を手書きで書き換えると、前公爵に突きつけた。

「そうだな。この女は見ての通り特別な悪女だ。この金額でどうだ」

「こ……この金額で……!?」

よほど法外な金額だったのだろう。

前公爵は目を泳がせて固まってしまった。

(前公爵様が金額だけでも聞こうとしたことは意外ですが、支払うはずがありません。なにより、ディラン様と前公爵様の間には確執があります。その息子の嫁を助けるはずがありませんから)

「確かに……この女がこの金額なら安いかもしれないいな」

「!?」

　ちょっと待ってほしい。

　一体どういうことなのだ。

　想定外すぎる展開に驚いたエイヴリルは慌てて止めに入る。

「ぜ、前公爵様、よくお考えになってください。あの、エイヴリル・アリンガムですよ？　私は殿方の言いなりにならず、むしろ家を乗っ取ろうとするような悪女ですわ？　人を困らせますし、無駄遣いはしますし、前公爵様の愛人も逃がします。購入する価値はないと思います……！」

「帳簿を読み解き、国王陛下への嘆願書を代筆し、報告書を作成できる。何より、あらゆる情報を記憶して整理できるのなら、この金額でも安い方だ」

「……！」

　思いもよらない言葉が返ってきて、エイヴリルは息を呑んだ。

（そういえば、ディラン様は前公爵様の人間性についてはひどく批判していますが、能力についてはお認めになっていたように思います）

　すると、背後のシエンナも意を決したように口を開く。

「エイヴリル様は人間性も素晴らしいですわ」

「シ、シエンナさん!?」

「使用人が理不尽な叱責を受けていると助けてくれるだけではなく、私どもの行動をよくご覧になっていて驚くような長所を見つけてくださいます。これからの公爵家にはなくてはならない人格者です。悪女なんかでは決して」

その言葉に前公爵がしっかりと頷いたのを見て、エイヴリルは絶望する。

（シエンナさん！　やっぱり誤解を解いておくべきでした……！）

あの日のことに限ってはもはや何が誤解なのかわからないが、とにかく今エイヴリルはものすごくピンチだった。

このままでは、自分は高額で買われて犯罪組織にランチェスター公爵家から多額の資金が渡ってしまう。

それを元手にして、組織はまた更なる悪事を働くのだろう。

けれど、そんなこと断じてあってはいけないのだ。

「あの、考え直しませんか？　わかりました、ではもう少しお値段を高くしましょう。そこのあなた、この紙を書き換えて金額を吊り上げるのです。こちらのお客様は私が安すぎるとおっしゃっていますから」

「お前……こんな場面でちっとも動じていないなんて信じられないほどの悪女だな。確かに、もう少し額を上げてもいいかもしれない」

「ですです。どうせなら0をもう一つ増やしましょう」

リズムよく答えて請求書の額をもう一度書き直させる。

それを見た前公爵は心底不思議そうに眉間に皺を寄せてしまった。

「おい……お前、ディランのことが好きなんじゃなかったのか？　ディランの元に帰りたくはないのか？」

「……あの」

（それはそうです。今すぐディラン様に会いたいです。でも、船の中に戻ったとしてもディラン様が必ず助けてくださいますから）

心の中で答えたが、それ以上は何も言えない。

そして、今の問いは前公爵が自分を助けるために金を支払おうとしているようにも思えて、目を瞬く。

（不思議です。私は嫌われているはずですし、前公爵様もディラン様にあまりいい感情をお持ちでないような気がしていました。ですがこんなことがあるのでしょうか……？）

意味深な会話を繰り返すエイヴリルと前公爵に、取引役の男が怪訝そうにする。

「さっきから何だ？　もしかしてお前はこの方と知り合いなのか？」

「！　いいえ、決してそんなことは」

自分がランチェスター公爵家の人間だと知られれば、この後動きにくくなってしまうし、下手をすればここで殺される可能性もある。

慌てて否定したところで、ギイと倉庫の扉が開いて閉まる音がした。

遅れて入ってきたのは一人の男だ。

コツンコツンと足音が響く。彼は特徴的な赤みがかったブロンドをさらさらと揺らし、商人独特の調子のいい声音で話しかけてくる。

「これは、ブランドン・ランチェスター様。本日は特別な取引にお越しいただきありがとうございます。今日の商品は、偶然手に入れた特別な悪女だとか。私もまだ商品を見ていないのですが、現場の人間たちは上物だと大興奮で」

(この方は、トマス・エッガーさんですね)

仮面舞踏会では大丈夫だったが、昨夜のパーティーではしっかり顔を見られてしまったことが気にかかる。

しかもあのとき、トマスはエイヴリルたちを見つけて一直線に話しかけてきたのだ。何らかの疑念を持っていたに違いなかった。

(昨夜は何とか誤魔化せましたが、二度目はないでしょう。そして、私の顔は石炭で薄汚れていますが、顔立ちを欺けるほどに真っ黒なわけではありません)

そう思えば緊張が高まる。

トマスの足音がエイヴリルの前で止まった。

そうして、顔を覗き込まれた。

「!　お前は――」

やっぱりバレてしまった、そう思ったとき、また倉庫の扉が開いた。

今度は閉まらずにそのまま開け放たれていく。

天井や壁の隙間から光が差し込むばかりだった倉庫が明るさに満ちていく。

「トマス・エッガーだな。麻薬取引を主導し、人身売買にも関わった疑いで身柄を拘束させてもらう」

（この声は！　よかったです、助かりました……！）

それはディランだった。背後には大勢の警官がいて、もう大丈夫だということがわかる。そしてその光景が目に入った瞬間に肩の力が抜けていくのを感じた。

「くそっ……お前たち、女を置いて走れ！」

「絶対に逃すな、捕まえろ」

トマスや男たちは慌てて別の出口から逃げようとしたが、そちらにも警官が配置されていた。すぐに捕まえられて手錠をかけられてしまう。

捕らえられたトマスがディランを見て、いまいましげに顔を歪める。

「お前、やっぱりあの仮面舞踏会での……っ！」

「あの仮面舞踏会は別件での調査で訪れていた。お前が罠に嵌めようとしてくれたおかげで麻薬や人身売買の件まで芋づる式に出てきて感謝しているよ」

「怪しいと思ったんだ。ということはそいつはあの仮面舞踏会でチェスをしていた女だな!?　随分訓練されているようで面倒だったから、濡《ぬ》れ衣《ぎぬ》を着せて捕まえてやろうと思ったのに！　それどころか麻薬取引の名簿まで見つけやがって！　しかもここまで追ってきて……クソッ」

別に特に訓練はされていないエイヴリルはサッと目を逸らす。

しかしディランは満足そうに笑っている。

「王太子殿下はどれも秘密裏に調査したいようだったが、それらがまさかここまで大胆に動く組織だとは思わないだろう？　だからこちらもそうさせてもらった」

「その女さえいなければ！　この〇×△☆……！」

（随分怒っていらっしゃいますね……！　でも仕方がないです）

トマス・エッガーは、おっとりと見送るエイヴリルに悪態をつきながら連行されていく。

アリンガム伯爵家で育ったエイヴリルとしては日常茶飯事で聞き慣れたいつもの言葉だったのだが、ディランにとってはそうではなかったらしい。

いつの間にか目の前にやってきていたディランに頭ごと抱きしめられた。

胸にきつく頭を抱えられるような体勢になって、エイヴリルの脳内は『？』で埋まる。

「……!?　ディラン様、っ……!?」

「あれはエイヴリルの耳に入れるまでもない言葉だ。聞くな」

「はい……」

（なるほど。突然抱きしめられたのでびっくりしてしまいました……）

そうか、自分には暴言すらこうやって守ってくれようとする人ができたのだ、と改めて実感しほっとする。

抱きしめられた腕の中からそのまままっすぐにディランの顔を見上げれば、空色の瞳と視線がぶつかった。

「ディラン様、勝手に部屋を出て申し訳ありませんでした」

「……心配した」

「私は少しやらかしてしまいましたが、ディラン様が助けてくださると信じていたので、全然怖くありませんでした」

「……」

ディランは答えなかった。

代わりに、警官の一人が倉庫の中に残っていた前公爵とシエンナたちに声をかける。

「ブランドン・ランチェスター殿。ご事情をお伺いしたい。ご同行いただけますか」

「……っ。ああ。仕方ない。調査には協力するぞ」

人身売買の場に顧客として居合わせたのだ。どんな事情があろうとも、ひとまずは事情聴取を免れないだろう。

連れて行かれる前公爵とシエンナたちを見ながら、エイヴリルはディランに説明する。

「ディラン様。前公爵様が……なぜか私を買おうとしてくださったのです」

「あいつ」

「いえ、そういうのではないと思います。信じられないのですが、私を心配して、無事にディラン様のところに戻れるように立ち回ろうとしてくださったような？」

「……あいつが？」

「はい、前公爵様がです。私のことはお嫌いなはずなのに、『ディランの元に帰りたいんじゃないのか』と言って、私を買い取る方向で交渉を」

「……。信じられないが、とりあえずはわかった。でもその話は後でいい」

二人きりになったエイヴリルはディランの腕の中で周囲を見回した。

(連れてこられたのはてっきり倉庫かと思っていましたが、落ち着いてよく見てみると、ここはどうやら今はもう使われていない古い教会のようですね。光が差し込んでいたのは、丸い天井の割れたステンドグラスから……なんだかちょっと幻想的な場所です)

入り口の扉が開け放たれて教会の中がさらに明るくなったのでわかるが、この教会は海に面しているようだ。

祭壇の向こうには海が見える。

「ディラン様、ここ、海が綺麗ですね」

「……ああ。そうだな……」

思わず見惚れて口にしてしまうと、耳のすぐ近くで呆れた声がした。

それで思い出す。

(そういえば、私は異国に売り飛ばされる寸前だったのでしたね!)

もちろんエイヴリルとしてはディランを信じていたので何も不安はなかったのだが、ディランは間違いなく死ぬほど心配していたようである。

なぜなら、悪態をつくトマス・エッガーがいなくなったのに、ディランはまだエイヴリルを放すつもりがないようで、腕の中に抱きしめたままなのだ。

「ディラン様、トマスさんはもういません」

「……本当に心配したんだ」

「ごめんなさい」

「君がいなくなってから、正直生きた心地がしなかった」

「本当に本当にごめんなさい」

ディランがエイヴリルのことをいつも気にかけてくれているのはよく知っている。

けれど、大丈夫だと言っているのに、こうして何度も同じ言葉を繰り返すのは初めてのことで。

ディランの、まるで自分自身を落ち着かせるような振る舞いにエイヴリルの心も痛む。

(私は、お優しいディラン様を本当に心配させてしまったようです……)

ふと頰に手がかかり、ディランが真剣な瞳で告げてくる。

「顔をよく見せてくれ」

「はい、この通りです」

エイヴリルも顔を上げてしっかりディランを見つめ返す。

ディランの空色の瞳に自分が映っている。

大好きな人の元にやっと帰ってこられたのだと思うとほっとする。

しかし、エイヴリルの顔を見た途端、ディランの眉間には皺が寄ってしまった。

「エイヴリル、顔にところどころ傷がついている。しかもこれは……煤か？　汚れが」

「!?　えっとこれは」

そういえば、自分はボイラー室で石炭をくべた後、木箱に入れられて運ばれたのだった。

木箱の中の居心地は最悪だった。

あちこちに体中をぶつけ、よく見ると傷だらけになっているらしい。

ディランが驚くのも無理はなかった。

「君にこんなことをしたのは誰だ？　絶対に許さない」

「いえあの違うんですこれは」

「君を閉じ込めていた部屋の人間はどこにいる」

「箱です箱、これは全部箱が悪くって……ってあの!?」

必死に箱が悪いのだと説明しても、すっかり頭に血が上ってしまったらしいディランの誤解はなかなか解けない。

ディランの指がエイヴリルの煤だらけの頰を撫でていく。

傷口に触らないように、でも優しく撫でずにはいられない、そんな手つきだ。

ふと、手がおとがいで止まる。どうしたのだろうと首を傾げようとしたエイヴリルだったが、それはできなかった。

少しの間の後、空気の震えだけで伝わるようなためらいのある問いが聞こえた。

「……許してくれるか」

いつもはその意味がすぐにわからない気がするのに、なぜか今日はすぐにわかったように思えた。と同時にディランの顔が近づき、返事をする間もなく唇が重なる。

優しく触れるだけのキスだった。

わずかな間だけ重なった唇はすぐに離れ、沈黙が満ちる。

頬に触れているディランの手は壊れものを触るように優しい。

名残惜しそうに離れた手は、エイヴリルの背中に回って、また抱きしめられた。

今度は何かからエイヴリルを守るためではない、愛おしむような優しい腕だ。

そうして、耳元で告げられる。

「──結婚式まで我慢しようと思っていたんだが」

「……ふふふ。ディラン様、ここも古い教会みたいですよ」

悔しそうなディランの言葉にエイヴリルが微笑めば、やっぱり強く抱きしめられた。

まるで子どものような振る舞いに、ここがランチェスター公爵家ではないということを忘れてしまいそうだ。

(幸せ……ってこういうことのような気がします)

いま、すとんと腑に落ちた気がする。

そして、エイヴリルは抱きしめられたまま説明する。

「ディラン様。この傷はここまで運ばれてくるときに箱の中で私が一人でぶつけたのであって、誰かにされたわけではないのです」

「……そうなのか？」

「はい。箱の中がとにかく居心地が悪くて。あちこちにぶつかって痛かったです」

「なるほど。だが、箱の中の居心地が良ければ、エイヴリルはそれはそれで眠りそうだもんな……」

「ふふふ。よくわかってくださっていてうれしいです」

微笑みあったところで、入り口の方からクリスの声がする。

「――ディラン様、二等船室区域の捜索が始まりました。ディラン様も行かれますか？」

ディランは名残惜しそうにエイヴリルの肩を抱いた後、鋭く返事をする。

「ああ。今すぐに」

「ディラン様、二等船室区域の非常階段の裏にある隠し部屋に女性たちが閉じ込められています。武器は銃でおそらく五丁。見張りが外に三人、中に四人です。配置は扉と中央、柱前に」

「わかった、ありがとう」

ディランはエイヴリルの頭をぽんと撫で、教会を出るとヴィクトリア号へと消えていったのだった。

第六章◆この日のためのもの

その後すぐに、ヴィクトリア号の隠し部屋に閉じ込められていた女性たちは全員が無事に救出された。

船長から出港の合図があっても、機関士たちがボイラーの故障を理由に足止めしていてくれた。そのおかげで女性たちの救出作戦はたやすく完了したらしい。

女性たちはランチェスター公爵家が定宿にしているホテルに運び込まれ、医師が手配され、全員が健康状態に問題なしと診断された。

そして案の定、女性たちはマートルの街で攫われた人間だけではなかったらしい。

全員に自宅へ戻れるように旅券が手配され、リンのように身寄りがない者については速やかに行き先が世話されることになった。

すべてが終わるまでには一週間ほどかかってしまった。けれど、その翌朝、帰り支度を終えたエイヴリルは少し屈《かが》んでリンに目線を合わせる。

『リンさん、これでお別れですね』

『うん。エイヴリル、これからあまり無茶はしないでね？　そっちのイケメン公爵様が心配しちゃうよ』

『……はい、その通りですね』

今回、勝手な行動をしてディランにとんでもない心配と負担をかけたのは紛れもない事実だった。自分よりずっと年下で子どものリンに叱られてしまったエイヴリルは、恥ずかしさを笑いでごまかした。

けれど、隣で別れの挨拶を見守っていたディランが髪を撫でてくれる。

『エイヴリルは何一つ謝るようなことはしていないし、完璧に立ち回ってくれた。だが、心配なのは事実だ。いつも、できる限り安全なところにいてほしいのは本音ではあるな』

『私にとって一番安全なのは、ディラン様の隣だと思います』

『ということは、今後ローレンスに何か頼まれることがあれば大体ついてくるということか……?』

遠い目をしたディランに、エイヴリルはへへっと微笑んだ。そのやりとりを見ていたリンが、納得したように頷いている。

『わかった！　エイヴリルがあの部屋に捕らわれてしまっても落ち着いてたのって、この公爵様が助けに来てくれるって信じてたからなんだね？』

『そうですね。ディラン様はきっと私を捜して、助けに来てくださると思っていましたから』

エイヴリルが残した二枚の置き手紙は、どうやら一枚が風で飛ばされてベッドの下に入り込んでしまっていたらしい。

そのために伝言が正しく伝わらなかったのだ。

けれど、普段のエイヴリルを知っているグレイスが置き手紙の内容がシンプルすぎることに違和感を抱き、必死で捜して二枚目のメモがベッドの下にあるのを見つけてくれたのだった。

しかし、その頃には既に船がコイルの港に到着してしまっていたため、エイヴリル捜索の一助にはならなかったのだという。

無事にコイルの港で解放されたエイヴリルは、泣きそうなグレイスにも深く謝罪をした。

ちなみに、クリスにも迷惑をかけたことを謝ったが、こちらはニコニコと笑うだけだった。

もちろんクリスも心配はしてくれたらしいが、大事に至ることは全く想像できなかったようだ。

夫となる人の側近からの自分への潜入に関する評価が高すぎることが、解せない。

回想を終えたエイヴリルは、リンの両手を握る。

『リンさんは、これから母国――クラウトン王国の孤児院に行かれることになったのですね？』

『うん。本当はエイヴリルがいるランチェスター公爵邸で働いてみたかったんだけどな……言葉がわからないし、さすがにまだ子どもすぎるってそっちのイケメン公爵様に断られちゃった』

『……今すぐに働く必要はないだろう。もし、孤児院が合わなかったらうちに来てもいいが、まずは自分の力で頑張ってみろ』

ディランの言葉は突き放しているようでいて、優しい。

それを聞いていたエイヴリルはリンの頭を撫でて微笑んだ。

『ふふふ。公爵様はリンさんの将来のことを考えたのですよ。もう少しゆっくり子ども時代を過ごして、大きくなったら我が家に来ればいいのです』

『はーい。エイヴリルって、なんかママみたいだね』

『……ママ？』

思わぬ言葉に、エイヴリルは目を瞬いた。

エイヴリルにももちろん母親がいた頃の記憶はある。

けれどその後の継母《ままはは》の記憶が強烈すぎて、自分が母親のようだと言われてもピンと来ない。

首を傾げてしまったエイヴリルに、リンは無邪気に教えてくれた。

『そう。わたしはママの記憶ってあまりないけど……でも、髪を結ってくれたり、変なところを褒めてくれたり、面倒見がいいんだけど……なんかお姉さんぽくなかった』

遠回しに変わり者だと言われているようだが、リンが自分のことを怖がっていないのはわかるし、母親との思い出が少ないエイヴリルにとって何よりの褒め言葉のようにも思える。

(悪女扱いされたり、ママ扱いされたり、とっても不思議な船旅のおしまいですね。でもうれしいです)

そう思って『ありがとうございます』と礼をすれば、最後にリンが思い出したように付け足す。

『あ、でもこんな変わったママ、やっぱりちょっとなぁ。いろいろかっこよかったけど、不安はあるよね。……でも、さすが悪女だったよ！』

『……ありがとうございます？』

悪女として褒められたのに、褒められた気がしないのはなぜなのか。

若干不思議な気持ちになりながら、エイヴリルは逆の航路の船で自分の国に帰るリンの背中を見送ったのだった。

リンの背中が小さくなったところで、ディランが軽く笑った気配がする。

「エイヴリルをママ、か」

「……ディラン様、いま笑いましたね？」

ほんの少し遠い目をしたエイヴリルの肩を、ディランが優しく抱いてくれた。

「いや、向いていないとかそういう意味じゃない。俺が知っている母親とはちょっと違ったタイプの母親になりそうで、楽しく思えただけだ」

「……そうですね。私も、ディラン様は私が知っているお父様とは違うタイプのお父様になる気がします……」

「ああ、だろうな」

港に船が出港する合図の汽笛が響きわたる。

髪の毛をふわりと揺らしていく潮風の匂いは、王都にはないものだ。

青くきらめく水面を客船がゆっくりと進みはじめ、エイヴリルは手を振る。

(ずっと見てみたかった海……。初めて、心穏やかに眺められた気がします)

こうして、エイヴリルの新婚旅行は幕を閉じたのだった。


コイルの街からマートルの街までは鉄道で半日ほど。

無事にランチェスター公爵家の本邸に戻ることができたエイヴリルを待っていたのは、別棟で暮らす愛人たちの歓迎だった。

「エイヴリル様、大変な目に遭われたのですね！　お怪我はありませんか？　まぁ、お顔の変なところに傷が！」

「お話は伺っております、なんとおいたわしい……。さぁ、こちらにお座りになってください。お茶の準備をさせましょう」

「エイヴリル様はなんだかぼーっとしてお顔に緊張感がないように思えます……。よほど怖い目に遭われたのでしょう」

「あっ、あの、それは元からですね」

ひとしきり歓迎と労《ねぎら》いの言葉を受けた後に緊張感のなさを指摘され、うっかりつっこむとクリスが噴き出したのが横目で見えた。

一週間も本邸を留守にした上に、前公爵が人身売買をする犯罪集団の顧客リストに名前があったせいで、ディランは後始末のため本格的に忙しいらしい。

エイヴリルのことはクリスに任せ、戻った瞬間から文字通り目まぐるしく駆け回っているようだ。

ディラン不在のまま別棟のサロンの席についたエイヴリルに、クリスが教えてくれる。

「今回の事件のせいで、前公爵様が別棟の解体に口出しをする余地はなくなりそうです。実は、こちらにいらっしゃる皆さんの行き先もすでに決まっていて、ご本人たちの承諾を得ています」

「いつの間に!?」

驚いたエイヴリルを見て、リーダー格のルーシーが穏やかに微笑んだ。

「もともと準備を進めていたことではありますから、ブランドン様のやらかしをきっかけに解体が加速するのは仕方がないことですわ。私がここにいたのは七年ほどで、ブランドン様には少なからず情が湧いていています。男性としては最低かもしれませんが、意外と楽しい七年間でしたわ」

「ルーシー様……」

「私は王都で家庭教師をすることになりましたの。もしかして、エイヴリル様とはまたお会いする機会があるかもしれませんわね」

ルーシーが口火を切ると、皆が次々に行き先を教えてくれる。

「実は、私も王都で働くことになりました。ディラン様に働いてみたいと言ったら、素敵な商会を紹介してくださって。扱う商品も女性の服飾品がメインで、お役に立てそうなんです」

「私はとある侯爵家のタウンハウスで、女主人付きの侍女として雇っていただけることになりましたの。ディラン様のおかげですわ」

「私も王都の貴族のお家で行儀見習いをした後、実家に帰ることになりましたの。それまでによさそうな殿方を見つけて、結婚できたらいいのですけれど」

（み、皆様が王都に……!?）

それぞれの行き先が満足いくものになって本当によかったと思う一方で、以前にも感じていた不安が現実味をもって湧き上がってくる。

「王都にいらっしゃるということは、元愛人の皆様には、やはりランチェスター公爵家のタウンハウスにお住まいいただくことになるのでは……!?　私は皆様を束ねることができるのでしょうか。そして、ディラン様は皆様と平等に仲良くすることに？」

「どうしてそうなるんだ」

ディランの呆れた声が聞こえ、エイヴリルは自分がまた思ったことをそのまま口にしてしまったのに気がついた。

そして、どうしてディランがここにいるのだ。

「ディラン様！　母屋でお仕事をされていたのではないのですか？」

「来客がエイヴリルに会いたいというので連れてきた」

「お客様が？」

首を傾げて覗き込むと、ディランの後ろからクラリッサが現れた。

船の中で見た、赤い顔に虚《うつ》ろな瞳ではない。令嬢らしいドレスを身につけ、背筋を伸ばして立っている。そうして頭を下げてくる。

「エイヴリル様。改めてお詫《わ》びとお礼を申し上げにまいりました。まさかあなた様が次期ランチェスター公爵夫人だなんて思いもせず……本来はお仕えするべきお方でしたのに、助けていただくばかりで申し訳ございませんでした」

「いいえそんな。クラリッサさん、ご体調はいかがですか？　無理をされてはいませんか？」

「すっかり良くなりました。一旦実家に帰り、これからのことを話してまいりました」

ヴィクトリア号がコイルの港に着いて隠し部屋の女性たちが救出された後、いち早く身元引受先と連絡が取れたのがクラリッサだった。

あの日、クラリッサには実家のリミントン家から迎えがきて、すぐに帰って行った。

そのとき「改めて後日、ランチェスター公爵家に使用人としてまいります」という話を聞いていたのだが、今日のクラリッサは手ぶらである。

住み込みの使用人が持ってくるような大きなカバンは何一つ持っていない。

エイヴリルの疑問を察したようにディランが告げてくる。

「クラリッサ・リミントンは試用期間で退職することになった。結婚をすることになったというのだから、仕方ないだろう」

「ご結婚、ですか……!?」

エイヴリルが驚くと、クラリッサは頬を染めて教えてくれた。

「はい。船でエイヴリル様に助けていただいたとき、何か望みがあるのなら自分から動かないといけないのだと知ったんです。それでこの度、元婚約者の元に行って話をしてまいりました。私は彼と一緒になりたいから、ランチェスター公爵家で働く間待っていてもらえないかと。彼は喜んでくれて、実家がランチェスター公爵家から受け取った前払いの給金を肩代わりしてくれると」

「まあ。よかったですね……!」

(クラリッサ様が結婚したいことをお伝えすれば、ディラン様もクラリッサ様が引け目を感じない程度の期間働いていただいて、円満に退職できるよう取り計らってくださったとは思うのですが。婚約者の方がクラリッサ様を助けてくださるのなら、本当に良かったです)

クラリッサがランチェスター公爵家に来るまでの道中で攫われてしまったことは不幸だったが、彼女の人生にとっては悪い結果にならなかったようである。

「結婚式は来月行うことになりました。没落した貴族の娘の私と、借金の肩代わりをしてくださった婚約者の式ですから質素なものです。さすがにそんな式に領主様をお招きすることはできませんが、ご報告に」

「おめでとうございます、クラリッサ様」

クラリッサの手を取り、祝福を伝えたエイヴリルはふとあることを思いつく。

「質素なお式ということは、ドレスは？」

「実家の母のドレスはすべて売り払ってしまいましたし、さすがに婚約者に準備していただくこともできなくて。平服で行う予定です」

「…………」

エイヴリルも、クラリッサの実家リミントン子爵家の事情は知っている。

多額の借金を抱え、大切に育てた娘を行儀見習いではなく使用人として泣く泣く売りに出したほどの家だ。

結婚資金の準備については相当に苦しいのだろう。そしてこれ以上婚約者に迷惑をかけたくないクラリッサの気持ちもよくわかる。

（つらい思いをされたクラリッサさんには幸せになってほしいです）

エイヴリルは会話を見守っているディランを見上げた。

「ディラン様。一つお願いがございます」

「……さっき、本邸でクラリッサ嬢からこの話を聞いたときから、エイヴリルがどんな選択肢をとるのかの予想はついた。好きにしていい」

諦めたように笑うディランに、エイヴリルも笑みを返す。

「ありがとうございます」

そうして、ちょうど同じ部屋に居合わせた洗濯メイド長のジェセニアにお願いする。

「ジェセニアさん。私のクローゼットの中から、リボン付きの白い箱を出してこちらのクラリッサ様にお渡ししていただいてもよろしいでしょうか？」

「？　はいかしこまりました、今すぐに！」

エイヴリルがここへやってきた初日にエイヴリルとクラリッサを間違えたそそっかしいジェセニアが、元気に白い箱を持ってきてくれた。

中には、先日アレクサンドラが王都から持ってきてくれたウエディングドレスが入っているはずである。

その箱をお土産として渡されたクラリッサは、エイヴリルに向かい何度もお礼の言葉を口にしながら帰って行ったのだった。

クラリッサが乗った馬車が木々に囲まれた田舎道を走り、見えなくなるまで見送っていると、隣のディランがぽつりと呟く。

「もしかして、また式が延びるのか……？」

心なしかディランは遠い目をしているようだ。

いけない、そう思ったエイヴリルは慌ててぶんぶんと首を振る。

「いいえ。あのドレスを着た写真はもうありますし、それをディラン様のお母様にも送ることができました。私だけのドレスの思い出はもうできましたから十分です。本番のお式は、選び抜いた既製品を着ます！」

「……なるほど。だが、エイヴリルらしいといえばらしいかもな」

いくらディランが許可をくれたとはいえ、贈り物を譲ってしまったのだ。

もしかして傷つけてしまったかもしれない、と思ったけれどディランが笑ってくれてほっとする。

（一度目の式のときは、恥ずかしくもドレスに執着してしまいました。だって、私のために作られたウエディングドレスを着られる日が来るなんて思いもしませんでしたから。でも今は違います。ディラン様と皆様と、一緒にドレスを作ったこの思い出だけで十分です）

この思い出だけで、幸せすぎて怖いくらいだ、と自分でも思う。

ならば幸せは誰かにお裾分けするべきだろう、とも。

すると、ディランは徐《おもむろ》に切り出した。

「――さっきの話の続きだが」

「はい？」

なんのことだったか、と目を瞬くと、ディランは手を伸ばし、海からの潮風でエイヴリルの頬に張りついてしまった髪の毛を耳にかけてくれる。そして笑った。

「前公爵が養っていた女たちを王都のタウンハウスの別棟に住まわせるのでは、と君が勘違いしていることだ」

「えっ？　勘違いなのですか？」

そんなの聞いていない。ならば、彼女たちは一体どこに住むというのか。

予想外すぎてぽかんと口を開けたエイヴリルに、ディランはやれやれと教えてくれた。

「当たり前だろう？　何のためにあの離れを解体すると思っているんだ？　彼女たちの引き取り先は、全部住み込みで受けてくれる場所を探した。だから、エイヴリルが思っているようなことにはならない」

「では、私は明らかに経験値が上の皆様を束ねる役目を負わなくていいと……」

「そうだ」

「ディラン様も皆様と平等に仲良くすることはない、と」

「その通りだ。どこからどう考えてもおかしいだろう？」

「……」

冷静になってみれば、完全にその通りである。一体、どうして自分はこんな勘違いをしていたのか。恥ずかしくなってエイヴリルはへへっと笑った。

「私は、おかしなところで悩んでいたようですね」

「悩んでくれたのか？」

「はい、それなりに。皆様とは経験値が違いすぎて、女主人として申し訳ないと」

「……やっぱりそっちか。エイヴリルはどこまでも何かに執着しないな」

「？　もし、その執着がディラン様へのものを指しているのだとしたら間違いです」

そう伝えると、ディランは意外そうな視線を向けてくる。

「つまり、エイヴリルはそれでも妬《や》いてくれているというのか？」

「というよりディラン様を信じているからです。確かに、ディラン様とお会いする時間が少なくなったら寂しいとは思いましたが、お気持ちを疑っているからではありません。ヴィクトリア号でうっかり捕らわれてしまったとき、落ち着いていられたのと同じ理由です」

「君は、本当に手がかからないな……いやとんでもなく手はかかるんだがちょっと意味が」

自分のために苦笑するディランを見ていると、くすぐったい気持ちになる。

褒められたのだか怒られたのだかよくわからないエイヴリルは、とりあえず頭を下げてお願いした。

「至らない点がありましたら、いつでもおっしゃってくださいね。実は今度のパーティーでディラン様とダンスをするのが不安なのです。先生に教わって特訓はしましたが、初めてなので。手がかかったら申し訳ありません」

「あれはごく内輪のパーティーだ。そんなに緊張することはない」

「ふふふ。ディラン様と初めて踊れるのがこの領地の本邸でのパーティーで、とてもうれしいです」

「そうか」

実はエイヴリルはついさっき聞かされたことなのだが、ディランはあと一週間もすれば王都に戻ることになるらしい。

ヴィクトリア号事件の後始末と、別棟の廃止に伴うあれこれに目処《めど》がついての判断ということだが、それに伴い、王都への出発前夜にエイヴリルのお披露目も兼ねた夜会が開かれることになったのだという。

それを聞いて、エイヴリルは内心ドキドキしているところだったのだ。

「前公爵は欠席、自室で謹慎するらしい。例の犯罪組織の顧客名簿に名前があったものの、一度も取引はないことが証明されて不問になったが、今回の件は自分の身から出た錆だと理解しているようだ。……遠回しな言葉だったが、あいつから初めて謝罪された」

「!?　あの前公爵様がですか？　意外です……！」

「俺だって、あいつがまさかこれまでの振る舞いをほんの少しでも反省する日が来るなんて思わなかったな。まぁ、許す気はないし今後の関係もずっと変わることはないが」

どことなく寂しそうでやりきれなさを感じさせるディランの横顔を見ていると、これまでの二十三年の苦労がありありとわかる。

（これまでにディラン様が経験された思いは、そんな一度や二度の謝罪や反省で許せるようなものではないのでしょう。私にだって、同じような経験はあります）

エイヴリルはディランの手を握る。

「どんなに謝罪を受けたとしても、一生許せない相手だっています。それでいいと思います。でも、私はずっとディラン様の味方ですわ」

「……ありがとう」

何かを噛み締めるようにゆっくりと返ってきた言葉は、あたたかな木漏れ日に照らされる森の中に溶けていく。

（ここは、ディラン様がいろいろな思いをしながら幼少期を過ごされた場所……）

いつも完璧なディランの弱い部分に少しだけ触れられた気がする。

そんなことを考えながら、エイヴリルはこの屋敷の光景をとても愛おしく思ったのだった。

それから一週間後。

ランチェスター公爵家の領地にある本邸は、ここ数年間で最も華やかな夜を迎えていた。

中庭に面した大広間では、ランチェスター公爵の婚約者、エイヴリル・アリンガムを紹介し歓迎するパーティーが催されている。

本当は、王都に戻ったばかりのアレクサンドラが臨席したがっていたそうなのだが、王太子ローレンスが「アレクサンドラが行くなら自分も。公務はしばらく休む」と言い出したため、泣く泣く欠席することにしたらしい。

（アレクサンドラ様とローレンス様の関係はとても面白いですね）

そんなことを考えて気を紛らわしながら、エイヴリルは上座の椅子に座っていた。

仮面舞踏会や先日のヴィクトリア号でのパーティーを除いて、エイヴリルが夜会というような場に出るのは初めてのこと。

しかも、なぜかディランと並んで皆に注目される席に座らされている。状況はわかっているものの、なかなか受け入れられないエイヴリルは遠い目をした。

「わ、私は本当にここでダンスを踊るのでしょうか……？」

「練習では完璧だったのだろう？　ダンスレッスンの先生を依頼したご夫人が『自分の弟子にならないか』と本気で誘ったと聞いたが」

「それはそれ、これはこれですわ。意味が違います」

うまくダンスができるかも心配だが、デビュタントを済ませていないエイヴリルにとっては、こんな華やかなパーティーが自分のファーストダンスの場になるなんて信じられない。

(だってコリンナが出席したデビュタントでさえ、格式はそんなに高いものではありませんでしたから。いくらディラン様が内輪のパーティーだとおっしゃっても、私にとっては公爵家主催の華やかなパーティーにしか思えません)

ぐだぐだと考えているうちに、ざわついていた会場が自然と静かになった。

ピアノの音が鳴り始め、弦楽器の調べがそこに重なっていく。

いつの間にか立ち上がっていたディランが、エイヴリルに向けてまっすぐに手を差し出してくる。

「――エイヴリル・アリンガム嬢。あなたの初めてのダンスの相手を務める栄誉を、私にくださいますか」

「はい、公爵様」


覚悟を決めたエイヴリルが微笑んで手を取れば、ディランはそのままエイヴリルを立ち上がらせて大広間の中央へと進み出る。

会場の端では、正装し微笑んで見守ってくれているクリスやグレイスの姿が見えた。

今日エイヴリルが着ているレモンイエローのドレスは、ヴィクトリア号で身につけたドレス同様にディランが贈ってくれたものだ。

袖が肩のところでふわりと膨らんだ可憐なデザインは、エイヴリルによく似合っているとメイドたちから好評だった。

大広間の中央にエイヴリルとディランが向かい合って立つと、一旦音楽が止まった。少しの間の後、今度はワルツの旋律が会場に響く。

多くの招待客がここに集まっているはずなのに、不思議と音楽以外の音は聞こえない。

まるで、二人を見守ってくれているような空気を感じる。

ディランの肩に左手を置けば、距離がぐっと近づいた。

抱きしめられることは普段もあるはずなのに、なんだか恥ずかしい。

けれど、エイヴリルは初めてのダンスをとても心配していたが、実際に踊り出してしまえば体が覚えていたようでほっとする。

スムーズにステップが踏めて、ディランの足を踏んでしまうという失態はなさそうだった。

(先生と毎日、日が暮れるまでレッスンしましたものね……!)

あのときは仮面舞踏会に出るための特訓だったのだったが、まさかこうしてきちんとファーストダンスを踊れるなんて。

感激するエイヴリルは、ディランに話しかける余裕まである。

「ディラン様。このドレス、お屋敷で働く皆さんが褒めてくださったのです」

「だろうな。本当によく似合っている」

「……この本邸の母屋で働くシエンナさんも、別棟で働くジェセニアさんも、皆が一緒に褒めてくださいました」

「皆、俺より褒めたのか?」

ワルツの合間に聞こえた、ディランの拗ねたような声につい噴き出しそうになった。

「いいえ。ディラン様が褒めてくださるのが一番うれしいです。……ですが、ここに来た初日、別棟の新人メイドと勘違いされた私は、二つの棟で働く使用人の仲の悪さを肌で感じたのに。きっと、近いうちにきっとこのお屋敷はもっと素敵になると思います」

「……ああ、同感だな」

耳元で囁かれて、どきりとする。

けれど今はダンスの最中だ。驚いて離れるわけにもいかなくて、エイヴリルもそのまま続ける。

「私はこのランチェスター公爵領が、マートルの街が、そしてこのお屋敷がとても好きです」

「……エイヴリルはここに進んでついてきてくれたが、正直不安だったんだ」

「ディラン様……？」

意外な言葉にエイヴリルは首を傾げた。

ディランがエイヴリルの領地入りに反対していたのは知っている。

その理由は払拭しきれていない『悪女エイヴリル』の評判や、前公爵との関係に関わらせたくないからなのだとエイヴリルは思っていた。けれどどうやら違うようだ。

「俺は、あいつは嫌いだが領民と領地のことは大切に思っている。それを、あいつのせいでエイヴリルに嫌われたらどうしようかと」

「……何をおっしゃるのですか」

「ここにはいい思い出がなかったんだ。だから、大切な場所なのに自信を持って好きだと言えなかった。エイヴリルは喜んでここに来たいと言ってくれたのに」

ワルツが終わりを告げ、エイヴリルの耳元ではディランの声だけが響く。

「でも、初めて心から好きだと思えた。この地を」

「ディラン様……」

エイヴリルは義妹コリンナの身代わりでランチェスター公爵家に嫁いだことで、ディランに救われた。誰かに愛されることを知って、自分も誰かを大切に思うことを知った。

それは、家族に恵まれなかったエイヴリルの中でなかなか育たずにわからなかった特別な感情だ。

かけがえのないものを自分に与えてくれた人の、これまでに抱えてきたであろう葛藤を知って胸が痛くなる。

（——きっと、ディラン様も私と同じだったのですね）

その日の夜会はとても賑やかで楽しいものになった。

エイヴリルは、ディランと踊った後にクリスや招待客とも順番にダンスを楽しんだ。

ちなみにクリスはディラン並みにリードが上手《うま》く、しかもちょっと煽《あお》ってくるのでエイヴリルもついつい先生とのダンスレッスンを思い出してヒートアップしそうになってしまった。

だから、グレイスが楽団に声をかけて曲をスローダウンさせてくれたのは助かった。今日は競技会ではないのだから、髪を振り乱して踊る必要はないのだ。

しかし、夜会の終わりにクリスは「またダンスの先生をお呼びしましょうか？」と言ってくれ、つい受けて立ちそうになったのは秘密である。

また、ダンスの光景を見た人々の間では『仮面舞踏会を荒らす悪女エイヴリル』の噂はあながち間違いではなかったのでは？　という囁きも聞こえていた。

もちろん、皆ひどく首を傾げていたけれど。

久しぶりの華やかで幸せに包まれた夜。

エイヴリルが、ランチェスター公爵家の本邸を支える人々に受け入れられた日。

ディランはそれを上機嫌で楽しそうに眺めていたのだった。

王都のタウンハウスに戻ったエイヴリルを待っていたのは、見たことがないジュエリーボックスだった。

「これは……？」

帰宅早々、着替えも終わらないうちにそれを見つけて目を丸くしたエイヴリルに、メイドが教えてくれる。

「こちらはご不在中、ディラン様の母方のご実家よりエイヴリル様宛てに届けられたものです」

「……ディラン様のお母様のご実家から……？」

「聞いていないな」

予想外の届け物に驚いているのはディランも同じことのようだった。ジュエリーボックスを持ちしげしげと眺めている。

「とっても素敵な箱ですね。一体何が入っているのでしょうか？」

白い陶器でできた足つきのジュエリーボックスには華やかな飾りがふんだんにあしらわれている。まるで、これ自体がジュエリーそのもののような存在感だ。

エイヴリルはディランからジュエリーボックスを受け取ると、蓋を開けてみた。

「ディラン様、これ……！」

そこにあったのは、銀色に輝くティアラだった。プラチナの土台に大小数多《あまた》のダイヤモンドが輝きを放っている。

間違いなく、家宝として受け継がれるレベルの貴重なティアラである。

(ディラン様の母方のご実家から、ということはディラン様のお母様からの贈り物ということでしょうか？　でも突然どうして)

エイヴリルはもちろんとんでもなく驚いたのだが、ディランもまた固まっていた。そうしてぽつりと呟くのが聞こえる。

「……両親の結婚写真で見た覚えがある。これは、母が自分の結婚式の日に身につけていたものだ」

「！　そんなに大切なものなのですか!?」

そんなティアラがどうして自分のところに。心当たりが全くなくて戸惑うばかりだが、ティアラには小さな手紙が添えられていた。

ディランの大切な人へ　結婚おめでとう　これはあなたに

「ディラン様、これ……もしかしてマートルの街からお送りした写真を見てこのティアラを贈ってくださったのではないでしょうか」

「あの写真を見て、俺が結婚するのだとわかってくれたのだろうか？　俺が大人になったことにも気がついていないと思っていたんだが……」

手紙は文字がところどころ震えている箇所もある。誰かに代筆させたのではないと一目でわかるものだ。

感動する様子のディランを見ていると、エイヴリルまで感情が昂《たかぶ》ってくる。

「この……ディラン様のお母様のティアラを、私が身につけてもよいのでしょうか……？」

思わず声が震えてしまった。

すると、ディランは答えずグレイスに声をかけた。

「頼む」

「はい、ディラン様」

グレイスは手袋をはめるとすぐにやってきた。

そうして、エイヴリルの頭の上にティアラを乗せてくれた。

ずっしりと重いそれは、とんでもなく存在感がある。

鏡に映る自分の頭に乗せられたティアラはこの世のものとは思えないほどに美しく、思わず見惚れてしまいそうだ。

（こんなにすぐに母方の侯爵家から届けられたことを考えると、きっとこのティアラは倉庫の奥で埃を被っていたわけではなく、すぐに取り出せる場所に大切に保管されていたのでしょう。悲しい思い出がありながらも、ディラン様のお母様がずっと大切にしてこられたティアラなのです）

そう思うと、胸が震えて言葉がこぼれた。

「……きっと、お送りした写真で私が着ていたドレスとよく合ったことでしょうね」

「だろうな。もしかして、そう思って贈ってくれたのかもしれない」

「ええ」

（クラリッサさんにドレスをお譲りしたことは後悔していません。ですが、少しだけ残念ではあります）

エイヴリルはティアラを落とさないように気をつけながら、鏡の前でぐるりと回ってみた。

ティアラはどの角度から見ても美しく輝いている。ディランの母もこうしてティアラを見つめたことがあったのだろうか。

そんなことを思い決意する。

「ということで、私は早速街に行ってこのティアラにぴったりの既製品のウエディングドレスを探してまいりますね！」

「あの、それが」

グレイスが口を挟んだのでエイヴリルは首を傾げた。

「何でしょうか、グレイス？」

「エイヴリル様。実はウエディングドレスはしっかりこの王都まで持ち帰っております」

「？？？」

どういうことなのだ。自分は確かにクラリッサにドレスを譲ったはずだった。

すると、グレイスはこれを、と箱を取り出した。

その箱は確かに見覚えがある。白い大きな箱にリボンがかかっていて、ウエディングドレスを収納するための箱だ。

問題は、なぜこれがここにあるかということだった。

「私はこれをクラリッサさんにお渡ししたはずなのですが」

「中身をご覧くださいませ。確かにエイヴリル様のために作られたドレスが入っています」

「まさかそんな……って本当ですね!?」

箱の中からは確かにエイヴリルのウエディングドレスが出てきた。

純白の生地に繊細なレースが美しいシンプルなドレス。本当にこのドレスとティアラはよく合うことだろう。違う今はそうではない。

問題は、なぜこのドレスがここにあるかということなのだ。エイヴリルがわかりやすく「?」を顔に貼り付けると、グレイスは心底気まずそうにした。

「申し上げにくいのですが……もう一つの箱が見当たりません」

「もう一つの箱?」

「はい。然るべきときのために、私が責任を持って保管しておくとお伝えしたナイトドレスの箱です」

「…………」

大惨事ではないか。

エイヴリルはそのナイトドレスのデザインを反芻《はんすう》して真っ赤になるしかない。

(人に見せるのがためらわれるあのデザイン……ではありません、アレクサンドラ様がプレゼントしてくださった最先端の流行のナイトドレスです。一度も着ていないのになくしたら残念すぎます……！)

絶句してしまったエイヴリルにグレイスが遠慮がちに進言する。

「クラリッサさんにドレスの箱をお渡ししたのは、別館のメイドのジェセニアでしたよね。もしかして、普段クローゼットの中身を触ることがないので間違ったのではと」

「！　何てことでしょう。つまり私は結婚祝いだと言ってあのナイトドレスを贈ったということに……？　これでは、私はとんでもない悪女ではないでしょうか！」

今度は真っ青になってしまったエイヴリルを見て、クリスが噴き出すのが聞こえた。

加えて、普段はエイヴリルの行動であまり笑うことがないディランも、さすがに今日は頬を緩ませているのが見えた。

あまりの失態に叫び出したいような気持ちになる。

(領地での悪女エイヴリルへの評判をなんとかまともな方向に修正したはずだったのですが……最後の最後で失敗してしまったようです……！)

余裕たっぷりに渡してしまったので、クラリッサに確認することも叶わない。

ともあれ、事件が起きまくったものの、エイヴリルの初めての領地入りは何とか無事に終わったのだった。

エピローグ

それから数ヶ月後。

ブランヴィル王国の王都ベイズリーにある歴史的な教会で、ディラン・ランチェスターとエイヴリル・アリンガムの結婚式が盛大に行われた。

社交があまり得意ではないとされる家柄のランチェスター公爵家だが、それでも招待客は多い。

しかも、一年前に中止になった式と比べると倍以上に増えている。

教会の入り口でその気配を感じながら、エイヴリルは幸せな気持ちで微笑んだ。

「一年前との賑やかさの差は、ディラン様が一年間で塗り替えられたランチェスター公爵家の評判そのものですね」

「いや、半分は君がやったんだがな……」

式の直前に遠い目をされてしまった。

自分がランチェスター公爵家の評判に影響を及ぼしたなんて、どう考えてもそんなことはないと思うのだが、全力で否定するのもどこか違う気がしてエイヴリルはただ笑みを浮かべるだけにしておいた。

今まさに教会に足を踏み入れる二人の会話としてはおかしいだろうから。

しかし今日は快晴である。

頭上には青空が広がり、見上げるとその眩しさに目がくらみそうになってしまう。

白亜の教会の入り口に飾られたたくさんの花には蝶《ちょう》が舞い、そこから漂う甘い香りに包まれてエイヴリルは幸せを感じていた。

「一年前の式では、教会の中でディラン様がお一人で私を待っていて、そこへコリンナが入って行ったのですよね。今想像すると、ちょっと笑ってしまいます」

「いくら外見がうりふたつとはいえ、どうして騙せると思ったのか……本当に疑問だな」

「コリンナは私がディラン様に嫌われていてほとんど顔を合わせたことがないと信じきっていたそうですから。ある意味素直なコリンナとしては、当然の思い込みだったかと」

「あの頃には、俺はすっかりエイヴリルに夢中だったというのにな」

「ディ、ディラン様?」

甘く低い声で囁かれて、全身が心臓になってしまったように感じる。一応慣れたとはいえ、不意打ちはやめてほしい。

けれど、ディランは何でもないことのように続ける。

「いや違うな。一年どころか、そのずっと前からだったか」

その瞬間、教会の扉が開く。荘厳な雰囲気の礼拝堂は天井が高く、パイプオルガンの音が響き渡っている。

これからディランと歩く道には天窓のステンドグラスで色づいた光が映し出され、とても美しく思えた。

今日は公爵様とエイヴリルの結婚式だ。

大切な人たちが作ってくれたドレスに身を包み、大切な人の母親から贈られたティアラを身につけたエイヴリルは、自分の夫となるディラン・ランチェスターと一緒にバージンロードをゆっくりゆっくりと歩いていく。

一年前には、階段室から見守っていた光景だ。

きっと、今日という日は自分の人生の中でも忘れがたい大切な日になるのだろう。

それなのに、感動する一方でまた一年前のことを思い出したエイヴリルは、ほんの少し笑いそうになってしまった。しかしどうやらディランも同じことを考えているようだった。

目が合った二人は微笑み合う。

それは、はじまりが契約結婚だったなんて想像すらできない、どこから見ても愛し合う幸せな二人の姿。

列席しているローレンスやアレクサンドラ、自分を支えてくれた皆に見守られながら、エイヴリルはディランに支えられ、誓いの祭壇へと進んでいく。

ここに、エイヴリルのこれまでの人生での家族はいない。でも、これから家族となってくれる人はたくさんいる。それだけで、胸がいっぱいだった。

（まさか、私にこんな日が本当に訪れるなんて。とっても幸せですね）

教会で式を終えた二人を待っていたのは、たくさんの人々の祝福だった。

広場を埋め尽くす人の波に、エイヴリルは言葉を失う。

「こんなにたくさんの方々がお祝いに来てくださったのですか……!?」

「ああ。わざわざランチェスター公爵領から観光がてら来ている人々も多いらしい。……写真館でのやり取りが広まって、仲睦まじい公爵夫妻の姿を見たいと話題になったようだ」

ほんの少し照れたようなディランの表情に、幸せを感じると同時にハッとする。

「写真館でのやり取り……!?」

ディランのいい笑顔を褒めようと思ったら、実は方向性がちょっと間違っていたらしいあのやり取りである。

「領民もエイヴリルを気に入ったようだ。ここまで祝福に来てくれたんだからな」

「……はい」

どこをどう気に入ってもらえたのかわからないエイヴリルは、ただ何も言わずに微笑むしかない。

そして、クラリッサにナイトドレスを贈ってしまったことを考えると、領民の半分ぐらいはまだ自分のことを悪女だと思っているのではないかと不安になってしまう。

もちろん、今日のこのおめでたい場では絶対口にしないけれど。

すると、「おめでとうございます！」という声があちこちから上がっていく。

子どもたちが舞い上がらせたカゴいっぱいの花びらが風に乗り、陽《ひ》の光でキラキラと輝いて見え、とても美しい。人々の熱気が伝わってきてうれしくなる。

「すごい……私、皆さんのところに下りたいです……ってわあ？」

祝福に応えたいと広場に続く階段を下りようとしたエイヴリルの手を、ディランが軽く引いて止める。

行くな、という静止かと思えばそうではなかった。

足元がふわりと浮いたと思ったら、ディランはエイヴリルを抱え上げたのだ。

「ディ、ディラン様!?」

突然お姫様抱っこをされたことに驚き、うっかりバタバタと足を動かすエイヴリルに、ディランは何か含みのある笑顔で告げてくる。

「今日は結婚式だ。俺にリードさせてくれてもいいんじゃないか」

「はっ、はい？」

そういえばそうだった。今日はエイヴリルが正式にランチェスター公爵夫人になった日なのだ。

すんなり納得して返事をすると、ディランは「手を首に回して」と囁く。

エイヴリルが遠慮がちに両手をディランの肩上に巻き付ければ、ふいにディランの顔が近づいた。

そのまま唇が重なる。

「……！」

確かにさっき、結婚式の最中にも誓いのキスはした。

けれど、その儀式的なものとは違うキスに、お祝いに訪れた観衆から大歓声が上がる。自分のものではない唇の感触と温度に酔ってしまいそうだ。

「ディラン様……！」

抗議の意味もこめて名前を呼べば、ディランはまた口づけてくる。

数度のキスを交わし、やっとディランの腕から解放されたエイヴリルは、手にしていたウエディングブーケを観衆に向かって投げた。

ピンク色のブーケが青い空に映え、わあああっと歓声が上がる。それを聞くだけで、自然と笑顔になる。

花びらが舞う王都の空は、エイヴリルがこれまでに本の中で見たどんな景色よりも綺麗だ。

きっとディランと一緒にいれば、閉ざされた世界で生きてきたエイヴリルにとって本の中にしかなかった世界は、どんどん現実のものとなるのだろう。

そんな幸せな未来を思い浮かべて、エイヴリルはディランと笑い合う。

この始まりの日に、永遠の幸せを願いながら。

幸せな結婚式からわずか数日後。ブランヴィル王国の王太子ローレンスからランチェスター公爵家に書簡が届いた。

しかも、ディラン・ランチェスター宛てではなく、エイヴリル・ランチェスター宛てである。

「ディラン様。そのお手紙はローレンス殿下が私宛てに送ってくださったものです。お返事を書かないといけませんので、どうか渡してください」

「……断る」

ディランは書斎の執務机につき、ローレンスからの書簡をエイヴリルが読めないよう守っているようだ。

その背後ではクリスが今にも噴き出しそうなのを堪えている。

「エイヴリル様、こうなったディラン様は無理ですよ。いくらお願いしてもきっと譲ってくれません、諦めませんか？」

「わかりました。そこまでおっしゃるのでしたら、仕方がありません……！」

そこで、エイヴリルは印籠のようにして『ランチェスター公爵家の封蝋《ふうろう》印』を取り出した。

この封蝋印はランチェスター公爵家の女主人だけに持つことが許された特別なもので、これで閉じられた手紙は公爵の意向でもあるとお墨付きを与えるものだ。

エイヴリルはもう『公爵様の婚約者』ではなく、正式な『ランチェスター公爵夫人』なのだ。

望んでできないことは、あまりない。たぶん。

「……エイヴリル、それは」

エイヴリルが何をしようとしているのか察したディランが顔を引き攣らせる。

「これを使って、ローレンス殿下にお手紙を書きますわ。ディラン様と一緒のお仕事、お受けします、と」

「…………。わかった、負けだ」

諦めたらしいディランからしぶしぶ渡された書簡には、こんな文章が書いてあった。


我が国の使節団に同行し、隣国クラウトン王国に行ってほしい。

ただし、『エイヴリル・アリンガム』――どんな男も手玉に取り財産や宝石を奪い、物理的にも精神的にも丸裸にする稀代《きたい》の悪女、として。

【書き下ろし番外編】

エイヴリルの悪女日誌・お留守番

これは、エイヴリルがランチェスター公爵家に来たばかりの頃のお話。

雨上がりの朝のテラスはとても幻想的だ。木々の隙間から光が差し込み、赤いバラの花に水滴がキラキラと輝いて清々《すがすが》しく気持ちがいい。

朝の爽やかな空気を堪能《たんのう》しながら、二階にある自室ルーフテラスの掃除に励んでいたエイヴリルに、ディランが告げてくる。

「今日、来客がある予定だ。だが、君が相手をする必要はない。挨拶だけをして後はクリスに任せるように。私もすぐに戻る」

「かしこまりました。お留守番ですね」

恭しく淑女の礼で応じれば、こっちが本題とばかりにディランは顔を引き攣《ひつ》らせた。

「それで、君は何をしているんだ？」

「……」

それは本当にそうだと思う。

運悪く、自分は右手にバケツを持っている。

さらに運が悪いことに、左手にもバケツを持っていた。

ついでに、エイヴリルを凝視してくるディランの顔には「なぜ顔に何かがついているんだ？」とも書いてある。

視線から推測すると、その位置は右目の下と左の頬が濃厚だ。

だが、自分の顔に何かがついていることなら、とうに知っている。

さっき勢いよくテラスにバケツの水を撒《ま》いたとき、泥水になった水飛沫《みずしぶき》が自分の顔についた気がしたからだ。

でも、テラスの手入れが終わってからまとめて身だしなみを整える予定だったので、エイヴリルは鏡も見なかったしそのままにしていた。

しかしまさか、こんなに早くにディランが離れを訪ねてくることがあるとは。

完全に予想外だし、ここまで気にかけてくれるなんてなんといい人なのだろうか。

けれど、今はわりとタイミングが悪い。どうやってごまかしたらいいのだろう。

「ご覧の通りですわ」

仕方がないので、その場しのぎに苦し紛れの笑顔で押し切ろうとすると、もともと怪訝《けげん》そうだったディランの表情には今度は困惑が浮かんだ。

「〝ご覧の通り〟……」

(確かに、意味不明ではありますね)

先日、悪女な義妹コリンナの身代わりで嫁いできたエイヴリルは、三年間の契約結婚を全うしたうえで離縁されることに決めていた。

一方、契約結婚を申し入れてきたディランは『悪女』な婚約者をご所望らしい。ということは、エイヴリルはこの家にいる間、義妹コリンナのような悪女でなければいけないのだ。

けれど、コリンナの毎日を真似《まね》するにしてもできることとできないことがある。それに、いつもコリンナになりきっていては疲れてしまう。

ということで、今は気分転換にテラスを掃除していたのだが、そこを運悪くディランに見つかってしまったのだ。

しかし、ディランはいい感じに誤解してくれたようである。

「……そういうことか。では誰か手伝いを寄越《よこ》そ……いや違うな。……『あまり使用人に迷惑をかけないように』、か」

「はい、善処はいたします。悪女ですので」

「…………」

エイヴリルが澄まして答えると、ディランは踵《きびす》を返して去っていく。

きっと「テラスを水浸しにして使用人を困らせている」か「何か悪巧みをしている」と理解したのだろう。窮地は脱したようだ。

ただ、とっても微妙そうな顔をしてはいたけれど。歯でも痛かったのだろうか。

(よくわかりませんが、往々にしてそういうことってありますよね。とにかく、今日はお留守番を頑張りましょう!)

疑問は置いておいて、エイヴリルはテラスの手入れに戻ることにしたのだった。

ところで、エイヴリルの部屋のテラスはとても華やかだ。

ちょっとしたお茶会ができそうな広さに、ガゼボが置かれている。

ガゼボの上部や周囲は花々で覆われていて、まるでおとぎ話に出てきそうなかわいらしさ。

白で統一されたテーブルセットもテラスの雰囲気によく合っているし、一階の庭へと続く階段の前にはなんと小さな噴水まである。

（まるで、どこかのお姫様のお庭みたいですね）

バケツを抱きしめながら、テラスを眺めたエイヴリルはあらためて目を輝かせる。

ランチェスター公爵家に到着したその日から、このテラスはエイヴリルのお気に入りなのだ。

（ここは、使用人の皆様が定期的にお手入れしてくださっているからこそ美しいのです。ですが、最近は雨が続いていてお掃除が難しい様子でした。ならば、気持ちのいい晴れになった今朝は私が！）

そんなことを考えながらバケツを置き、水で濡《ぬ》れたテラスをブラシで擦《こす》り、石畳の地面の隙間に溜《た》まった泥汚れを集めていく。

幸い、エイヴリルはコリンナがテラスに水を撒いて荒らしているのを見たことがある。

その日はコリンナを若い彫刻師が訪ねてきていた。

エイヴリルがお茶を出すために部屋の扉を開けたところ、カンカンに怒ったコリンナが部屋に置いてあった水差しの水をテ、ラ、ス、か、ら、下、に、ぶちまけているところに遭遇したのだ。

テラスの下からは助けを求めるような誰かの声がしていた気がするが、結末までは見ていない。

（そういえば、あの日のお客様……『某男爵家の二男《じなん》で彫刻師さん』はお茶も飲まずにいなくなっていましたね。お召し物も残っていたような……。どうやってお帰りになったのでしょうか）

よくわからないことも多いが、その経験を踏まえると、テラスで水を撒いている程度なら悪女として不思議ではないだろう。

現にさっき、ディランも納得してくれた。

懐かしい思い出を回想しつつ、植木や花のそばに生えた雑草を引っこ抜き、地面の隙間に固まっていた泥汚れを落とすと、テラスはいつも通りの秘密の庭に戻った。

仕上げとばかりに白いテーブルセットを磨いていると、陛下、ちょうど庭園の端にあたる部分から自分に向かって話しかけてくる声が聞こえた。

「おい、そこでテラスの手入れをしているのは誰だ？」

「！　はい、ええと……私はキャロルです」

悪女がテラスに水を撒くのはいいが『手入れをしている』のはちょっとおかしいのはわかる。

つまり自分の名前は名乗れないが、公爵家での自分付きのグレイスの名を騙《かた》るのはしのびない。

ということで、反射的にキャロルの名前を借りることにした。

普段はお互いに干渉しないで過ごしているのだから、これくらいは許してほしい。

(ごめんなさい、キャロル)

心の中でキャロルに詫《わ》びているうちに、陛下の声はさらに質問を繰り出してくる。

「昨日は雨だったのに、わざわざ水を撒いて掃除しているのか？」

「はい！　ですが、植木にはかからないようにお掃除をしていますので問題ありませんわ」

答えつつテラスから下を覗《のぞ》きこんでみるが、声の主は見えない。

「うむ。雨で汚れを洗い流したことにしないのも、植物への心がけも、丁寧で感心なことだな」

「ありがとうございます」

褒められてお礼を伝えたのだが、それ以降返事はなかった。

（ん？　今のは……まだお会いしたことがない庭師の方だったのでしょうか？）

エイヴリルは顔についた泥水をふきふき、テラスの手入れを終わらせたのだった。


それから少しして、予定通り来客があった。

「ランチェスター公爵家へようこそ。次期公爵夫人のエイヴリル・アリンガムと申します」

エイヴリルは身支度を整え、ディランの言いつけ通りエントランスで出迎える。

（ディラン様は留守番の私に、ご挨拶だけして下がるようにという指示をくださいました。私の役目はここでおしまいです）

そう思いながら顔を上げると、白髪に髭《ひげ》を生やした七十代ぐらいの男性がこちらを不思議そうに見ていた。

視線はなぜかエイヴリルのあごのあたりで止まっている。

「なるほど。ディラン・ランチェスター殿が婚約をしたという噂《うわさ》は聞いていましたが……これは」

この来客は杖《つえ》をついてはいるが、背筋はピンと伸びていて毅然《きぜん》とした雰囲気がある。

威厳を感じさせる佇《たたず》まいに、エイヴリルはおっとりと微笑《ほほえ》みながら頭の中の貴族名鑑をめくった。

（この方は、アンブラー侯爵家のご当主様ですね。アンブラー侯爵家は数百年前に王城の庭園を設計したことをきっかけに重用されるようになった、特に園芸に関して造詣が深く歴史あるお家柄です。現在もその系譜は続いていて、多くの貴族のお屋敷の庭園をデザイン・管理されていると伺ったことがあります）

相手が誰なのかわかったのはいいが、一つ問題がある。

彼の声には、聞き覚えがありすぎるのだ。

（このお声……もしかして、さっきお庭から私に声をかけてくださった方なのでは？）

ピンチを受け入れられなくて、エイヴリルはゆっくりと首を傾《かし》げる。

勘違いでなければ、悪女でなければならない自分は、この客人とお掃除トークをしてしまった気がする。

（しかも、ディラン様が悪女である私に『挨拶だけはするように』という趣旨を伝えたことを踏まえると、こちらのお客様は失礼な対応があってはならない、特に大切なお方ということになります。悪女の私が不快な思いをさせてしまっては大変です）

ということで、ややこしいことになる前に、自分はさっさとこの場を辞するのが良さそうだ。あとはクリスに任せるしかない。

窮地を脱するべく、にっこりと微笑んで「では私はこれで」と言おうとしたのだが、アンブラー侯爵はこれで済ませるつもりはないようだった。

エイヴリルに向かって手を差し出してくる。

「バリー・アンブラーだ。エイヴリル・アリンガム嬢、あなたの噂はあちこちで聞いている。……

どうかな、ランチェスター公爵家のお庭を案内してくれないだろうか」

「!?　あの、その」

悪女的にとんでもない誘いである。

(私の、噂をあちこちで聞いているということは、悪女である私とのお散歩をご所望ということでしょうか……!?　大切なお客様の前です。うまく振る舞えるか少し心配です……！)

どう断ろうかと挙動不審になったエイヴリルの背中を押す者があった。

エイヴリルの挨拶をニコニコと見守っていたディランの片腕、クリスである。

「お供しましょう」

「!?」

「!?」

(クリスさん!?　違いますここは私をこの場から逃がしてくれるところでは!?)

クリスの判断はディランの指示とはちょっと方向が違っているのは気のせいだろうか。

すかさず申し出てくれたクリスに、エイヴリルは顔を引き攣らせたのだった。


そんなわけで、エイヴリルはアンブラー侯爵とクリスを引き連れ、庭を歩いていた。

早くこの集いから去りたいのだが、現実は無情。エイヴリルの望みとは反対に話題はどんどん広がっていくばかりである。

「バリー・アンブラー様。こちらには季節のお花がたくさん植えてあります。向こうには日時計が」

「随分綺麗《きれい》に手入れをしているようだな」

「もちろんですわ。よろしければ後で庭師もご紹介しましょうか」

「それは結構だ。あなたから説明を聞きたくてね。しかし、ディラン・ランチェスター殿が婚約者を迎えたという噂が回ってからまだ日が浅い。それなのに随分とお詳しいようだ」

「……」

エイヴリルは普段からこの屋敷内を動き回り、どこに何があるのかや使用人たちがどんな動きをしているのかは大体把握している。

だから、庭の案内は全く苦ではないのだが、それが悪女として正しい振る舞いでないとは思う。

（どうお答えするのが良《い》いのでしょうか）

アンブラー侯爵がディランを訪ねてきていることや、さっきキャロル（仮）とテラスの手入れについて話していたことを考えると、遠い昔にこの庭園の設計をしたのは間違いなく彼なのだろう。

これらの会話はどれも、次期公爵夫人としてのエイヴリルを試すものにしか思えない。

家のことについては答えられなくはないが、悪女としてとなると難しいものがある。

「その、いいえ、全くそのようなことはありませんわ。お庭から門を通らずに外出する際に見ていれば覚えますから」

「門を通らずに。どちらへ？」

「……夜遊びですね」

「ほう」

興味深そうな視線を向けられて、エイヴリルはにっこりと微笑んだ。

お願いだからこれ以上はもう何も聞かないでほしい。会話を深掘りされても、何も出せない。

心の底から願いかけたところで、クリスが助け舟を出してくれた。

「ところで、アンブラー侯爵様。この先のお庭は、ディラン様が特に気にかけていらっしゃる場所ですがご覧になりますか？　長い間手入れが行き届かず、傷んでしまった区画です」

「……うむ。だろうな。あの頃からずっと放置してきたのだろう？　傷んで当然だ。案内してもらおうか」

「かしこまりました。エイヴリル様、ここからは私が」

意味深な二人の会話についていけず首を傾げたエイヴリルを、クリスが先導してくれる形になる。

（〝あの頃からずっと放置〟？　確かに、この先は私も行ったことがありませんね）

クリスが案内を申し出たのは、庭の中でも普段は門が閉ざされていて区切られている場所だった。

門には鍵がかけてあり、限られた人間しか出入りできないようになっている。

はじめて案内されるその場所に足を踏み入れると、エイヴリルが知る『ランチェスター公爵家の庭』とは全く違う風景が広がっていた。

あらゆる種類の花や木が好き放題に植えてある。

いや、植えたというよりは、自然に増えてしまった、が正しい表現なのだろう。

枯れ木が倒れているところもあれば、つるバラの枝が他の木に巻きついておどろおどろしい雰囲気になっている場所もある。

さっきまでいた庭や自室のテラスとの違いに、エイヴリルは思わず目を瞬《しばたた》いた。

（雑草の駆除自体は頻繁にされているようですが、他のお手入れはされていないようですね。まさか、このお庭にこんなところがあったなんて）

「うちに依頼が来なくなって二十年ほどか。さぞかし荒れた庭になっていることと思っていたが、向こう側は見事に手入れをされていた。何の手入れもしなければ、向こう側もこの状態だったんだろう。代替わりをして一年足らずか。新しいご当主とは話をする価値がありそうだ」

「アンブラー侯爵様でしたら、一目ご覧になればわかってくださると思っております」

クリスとアンブラー侯爵の会話を聞きながら、エイヴリルは静かに成り行きを見守っていた。

（きっと、ディラン様がクリスさんに任せるようにおっしゃっていたのは、こういう会話を引き出すためだったのでしょう。私が同席してしまって申し訳ないです）

ならば、せめて邪魔をしないようにしなくては。

そう決心して周囲の雑草になりきっているエイヴリルにとんでもない質問が飛んできた。

「しかし、悪女を娶《めと》ったという噂はどういうことでしょうなぁ。ねえ、エイヴリル・アリンガム嬢？」

「!?」

ぱちぱちと瞬くエイヴリルに、アンブラー侯爵は遠慮がなかった。

矢継ぎ早に聞いてくる。

「あなたは、早起きをしてテラスや植物の手入れをするのがお好きな方のようだ」

「いえっ……そんな!?」

「あごに土汚れがついている」

「ちゃんと拭いたのに!?　っていえ、その」

「さて、噂の悪女はどこにいるのやら」

「ここに……ここにおります、ねえクリスさん？」

慌ててクリスに同意を求めたが、ニコニコと笑うばかりで戦力にならない。

（やっぱり、さっきテラスでお話ししたのは私だとバレていました！　どうしたらよいのでしょうか……！）

味方がいないので、慌てて実家・アリンガム伯爵家での悪女のお手本、コリンナの振る舞いを思い返してみる。

しかし残念ながら、何も思い浮かばない。

（コリンナはお庭にはあまり興味がありませんでしたね……って、そうだわ！）

唐突にエイヴリルは思い出した。

コリンナが、庭に自分の石像を建てろと言い出した日のことを。

ある日、コリンナは自分の裸体をモチーフにした石像を庭に置いてほしいと言い出したのだ。

当然、皆反対した。

使用人たちはもちろん、コリンナには甘さしかない両親までもが反対した。

だって裸体の石像だ。しかも、芸術としてではなくコリンナは自分の名前を掲げて庭先に置きたかったのだという。意味不明でしかない。

けれどコリンナのわがままには勝てず、最終的に両親は折れて許可を出した。庭に、名札つきの娘の裸体の石像を置くことを。

（そういえば、コリンナがテラスに水を撒きながら追い出していたのは彫刻師の方ですもんね！石像を建ててもらう前に、二人は仲良しになっていたような？）

エイヴリルの語尾に「？」がついているのは想像の範囲でしかないからだ。

けれど、その彫刻師が若くて見目よい男だったのは確かだ。

彫刻師が頻繁にアリンガム伯爵家を訪ねてくると二人でコリンナの部屋に籠もるようになった。

しかし、像ができあがる前に別れてしまったらしい。ということで、アリンガム伯爵家の庭にはコリンナの石像はない。よかった。

（つまり、ここで『私の石像を建てなさい』とわがままを言うのが、悪女として正しい振る舞いですね！）

ここでどう振る舞うかは決まった。

しかし、この案にはちょっと無理があるとは思う。

なぜなら、エイヴリルは三年間という契約結婚の期間を終えたらこの屋敷を出ていくことになっている。

たった数年でいなくなる悪女の像を建てられては、この庭もたまったものではないだろう。

（何よりも、この素敵なお庭に、そんなものがあることが耐えられません……！）

となると、エイヴリルが取れる選択肢はたった一つしかなかった。

考えを固めたエイヴリルは、興味深そうにこちらを見ているアンブラー侯爵に向き直る。

「悪女である私が提案いたします。このお庭にディ、ラ、ン、様を模した石像を建てましょう」

「エイヴリル様？」

笑顔に「意味がわかりません」という言葉を滲《にじ》ませて応じたのはクリスである。

けれど、エイヴリルは怯《ひる》むことなく続けた。

「ご覧くださいませ。このあたりの木の葉は白くカビたようになってしまっています。このように病気の木を放置しておくと、周囲の木まで全てだめになってしまうでしょう。ですから、ここを全部切って更地にするのです。そしてここにディラン様の石像を」

何の脈絡もなく「夫となる男の石像を建てろ」では唐突すぎて話の内容まで聞いてもらえない可能性が高い。

ということで、エイヴリルはこの木が病気なことを利用して話題を切り出した。

(アンブラー侯爵様は、お庭づくりにこだわりがある方なのでしょう。無駄に木を切り、石像を建てろという私のような悪女の提案を受け入れられるはずがありません……！)

しかし、風向きは逆風だったようである。

「意外と良い案かもしれないな」

「アンブラー侯爵様!?」

あっさり肯定されてしまい、エイヴリルはぽかんと口を開けた。

現実を信じたくないエイヴリルの前に、アンブラー侯爵は一枚の葉を示す。

「見ろ、彼女の言う通りだ。この木の葉のカビを放置すると面倒なことになるだろう。そこまで見抜いたうえで、新しい当主の像を建てようとするとは。代替わりしたての家の事情を考慮した、素晴らしい提案だな」

「!?」

（私の提案は褒められるようなものだったのでしょうか!?）

どうやら失敗したらしいが、悪女として空気が読めない提案をしたかったエイヴリルとしては、肯定するわけにいかない。

けれど、無情にも話は進んでいく。なぜかクリスが前のめりでエイヴリルの提案を支持してくれているせいだった。

「このお庭にディラン様の石像を。素晴らしい案と存じます」

「もしこの庭を造り直すのなら、我がアンブラー侯爵家が手を貸そう」

「それは。ディラン様もさぞお喜びになるのではと」

クリスもアンブラー侯爵も新しい庭の話にすっかり夢中になりつつある。

今日、アンブラー侯爵がここを訪ねてきた経緯を思えば正しい方向なのかもしれないが、エイヴリルとしてはどうしても受け入れられなかった。

「こんなはずでは……！　確かに、ディラン様の石像があったら素晴らしいとは思いますが！」

考えていることがそのまま口に出てしまうことがあるのは、エイヴリルの悪い癖だ。

けれど、今日はその独り言に応じる声がある。

「私の石像、ってどういうことだ？」

「ディラン様！」

そこには、用事を終えて屋敷に戻ったディランの姿があった。

眉間に皺《しわ》を寄せ、とんでもなく怪訝そうな顔をしている。

どこから会話を聞いていたのだろうか。

「今戻ったんだが……どうして君がここに？」

「どうしてでしょうね……」

それは自分が聞きたい。

遠い目をしたところで、ディランの視線はエイヴリルからアンブラー侯爵に移ったようだった。

二人はほぼ初対面のようで、型通りの挨拶を済ませた後、本題に移る。

「……クリス。そろそろ庭の案内が済んだだろう？　バリー・アンブラー殿とはいろいろ話したいことがある。室内にお通しして、お茶の支度を」

「かしこまりました」

「今、ランチェスター公爵家の新しい庭の話をしていたところなんだ。新しいご当主ともぜひ詳しい話をさせてもらえるか」

「もちろんです」

アンブラー侯爵はディランと握手を交わすと、クリスに連れられて屋敷の中へ去っていく。

（留守番としては成功だとは思いますが……悪女としてはこれでよかったのでしょうか？）

やはりここは恥を忍んででも自分の石像を建てろとごり押しするべきだったろうか。

そんなことを思いながら後ろ姿を見送っていると、いつの間にか隣に並んでいたディランが問いかけてきた。

「君はバリー・アンブラーを知っていたのか？」

「一応お名前ぐらいは。ですが、石像なんて私は……！」

自分のとんでもない提案が受け入れられそうなことに恐縮すると、ディランはため息をつく。

「アンブラー侯爵家は私の前——父の代で疎遠になってしまった家だ。彼に庭園を設計してもらうことはステータスの一つになっている。個人的には、そこにこだわる必要性は感じないが、家同士の関係は修復したいと思っていた。歴史ある、敬意を持って接すべき家だからな」

（なるほど。それは大切なお客様ですよね）

ディランがわざわざ朝からエイヴリルの『宮殿』にやってきて『挨拶だけはしてくれ』と頼んできたのも頷《うなず》ける話だった。

「では、アンブラー侯爵様とゆっくりお話をするきっかけになったでしょうか」

「……だな。庭のこの一角は、私の母が気に入って手入れをしていた場所だ。アンブラー侯爵家は母と個人的に親交があったと聞いている」

そう言いながら庭を見渡すディランの視線には、感傷が滲んでいるように思える。

実は、ランチェスター公爵家にやってきたばかりのエイヴリルは、ディランの母親に関することはほとんど知らない。

一般的な情報として聞いているのは、当時のランチェスター公爵夫妻はディランが幼くして離縁したという事実だけだ。

（きっと、このお庭には複雑な事情や思い出があるのでしょうね）

さっきのクリスとアンブラー侯爵の会話の内容から推測すると、ランチェスター公爵家の庭が特別に美しく保たれるようになったのは、ディランに代替わりしてからのようだ。

その中でも母親が大切にしていた庭を守るため、ディランはこの一角だけはアンブラー家に任せたかったのだろうというのが伝わってくる。

（そして、一方のアンブラー侯爵様が公爵家を訪問する前にお庭のチェックをしていらっしゃったのも、新しい当主であるディラン様と関係を築きなおしたいというお心の表れだったのかもしれませんね……！）

ただ、そのせいでテラス掃除をする悪女だとバレてしまったところではある。

それがおかしいかどうかはアンブラー侯爵の感覚に任せるしかない今、彼の常識がひん曲がっていることを祈りたかった。

「では、ディラン様はここに石像を建てることも問題なく受け入れるのでしょうか？」

「それはいらない」

「クリスさん、とても楽しそうでしたけれど」

「……アンブラー侯爵家との関係は修復したいが、自分の石像は絶対に拒否する。話のきっかけになったのはありがたいが、嫌なものは嫌だ」

そう言ってエイヴリルの一歩先を歩き始めたディランの表情は、言葉とは反対でいつもよりずっと穏やかに見えた。

ほんの少し頬が赤らんで見える姿や「嫌なものは嫌」とする人間らしい言葉遣いに、エイヴリルも自分がしたことは失敗ではないような気がしてくる。

（ディラン様は大切な方と関係を修復するきっかけを摑《つか》めてうれしそうに見えます。私の振る舞いは失敗ではなかったのかもしれませんね。それに、アンブラー侯爵様お一人が私が悪女でないことにお気づきになったぐらいでは、コリンナが打ち立てた評判は消えないでしょうから……！）

エイヴリルは無事に『留守番』を終えることに成功したのだった。


けれど、人生そんなにうまくはいかない。

程なくしてランチェスター公爵家の庭にはディランの石像が立ち、メイドの『キャロル』宛てには『エイヴリル』と名前が彫られたテラス掃除専用のブラシが届いた。

バリー・アンブラーによって美しくデザインされた庭の一角。ぴかぴかの石像を見上げながら、ディランは力なくつぶやく。

「私の力ではこの石像に服を着せるのが精一杯だった」

「私も……この掃除用のブラシをキャロル宛てに送っていただくのが精一杯でした」

「は？」

「いっ、いいえ、何でもありませんわ！」

（アンブラー侯爵様は、私がキャロルの名前を借りたのには事情があるのだと察してくださったようです。それで、ブラシはキャロル宛てに送ってくださったのかと。キャロルもコリンナに送ることなく私にくださってよかったです）

結局、庭にはディランの石像ができてしまった。

ディランは相当抵抗したらしいが、バリー・アンブラーは一度話しただけでディランのことをものすごく気に入ったようだった。

ランチェスター公爵家をあるべき姿に戻した主《あるじ》として、この場所に石像を建てるのが何よりもふさわしいと判断され、見事に新しい庭のど真ん中に配置されてしまった。

ディランは顔を引き攣らせているが、これはこれで素晴らしいと思う。

この石像は、毎日庭師や使用人たちによってぴかぴかに磨かれていて、それを見るたびに自分の仮の夫がここまで慕われていることがうれしくなってしまう。

もちろん、エイヴリルも磨いている。

今、ブラシを持っているのはついさっきまで台座を磨いていたためだ。ディランに「やめてくれ」と止められたけれど、また後で磨きたいとは思う。

（ランチェスター公爵家は本当にいいところですね。毎日が幸せです）

悪女として穏やかな毎日を過ごせることを幸せに思いながら、今日もエイヴリルはディランの石像を見上げるのだった。

あとがき

こんにちは、一分咲《いちぶさき》です。

『無能才女は悪女になりたい』三巻をお手に取ってくださり、ありがとうございます！

領地とお父様と結婚式編、完結です。

エイヴリルとディランは本当に結婚式を迎えられるのかな……って作者の私も心配していたので、やっとここまでこられてひと安心です。

イベントも恋愛エピソードもいろいろ盛りだくさんで、書いていてとても楽しい三巻になりました。私はエイヴリルと同じように豪華客船へのときめきが抑えきれず、原稿を書き終えた後も資料用に集めたパンフレットを真剣に見ています。乗りたい。

二人の距離がぐっと近付いた三巻、皆様にお楽しみいただけたらうれしいです。

今回も美麗なイラストを描いてくださったのは藤村《ふじむら》ゆかこ先生です。

ストーリーの展開上、絶対挿絵に指定されるであろう印象的なシーンのエイヴリルの見た目にちょっと問題があり（顔に煤《すす》）、編集さんが困惑しているのを見て「あっ……（何も考えてなかった）」となりましたが、そのシーンも素敵に描いてくださりありがとうございます！　幸せです。

あとがきから読まれる派の方はどうぞお楽しみに！

ここからは、本作にお力添えくださる皆様に謝辞を。
読者様をはじめ、イラストご担当の藤村ゆかこ先生、コミカライズご担当の轟斗《ごうと》ソラ先生、いつも無理を聞いてくださる担当編集様、ＫＡＤＯＫＡＷＡの皆様、そのほか、関わってくださる全ての皆様、本当にありがとうございます。

エピローグで察してくださった方もいらっしゃるかと思いますが、ありがたいことに本作はまだ続きます。悪女（）として隣国に潜入編、早く書きたくてわくわくしています。
斜め上な行動をするエイヴリルと、彼女に戸惑いつつ溺愛せずにはいられないディランの物語、まだお付き合いいただけますと幸いです。

また次巻でお会いできますことを、心から願って。

一分咲

イラスト担当の藤村です。
無能才女3巻発売
おめでとうございます。
ついに夫婦となった彼らの
物語がこれからもずっと
続くよう願っております。
ご挨拶の機会をいただき
ありがとうございました！

電撃の新文芸

無《む》能《のう》才《さい》女《じょ》は悪《あく》女《じょ》になりたい3

～義《ぎ》妹《まい》の身《み》代《が》わりで嫁《とつ》いだ令嬢《れいじょう》、公《こう》爵《しゃく》様《さま》の溺《でき》愛《あい》に気《き》づかない～

著者／一《いち》分《ぶ》咲《さき》
イラスト／藤《ふじ》村《むら》ゆかこ

2024年3月17日　初版発行

発行者／山下直久
発行／株式会社ＫＡＤＯＫＡＷＡ
〒102-8177　東京都千代田区富士見2-13-3
0570-002-301（ナビダイヤル）
印刷／図書印刷株式会社
製本／図書印刷株式会社

【初出】………………………………………………………………………………………………

本書は、「小説家になろう」に掲載された『無能才女は悪女になりたい ～義妹の身代わりで嫁いだ令嬢、公爵様の溺愛に気づかない～』を加筆、修正したものです。
※「小説家になろう」は株式会社ヒナプロジェクトの登録商標です。

ISBN978-4-04-915409-2　C0093　Printed in Japan

ファンレターあて先
〒102-8177
東京都千代田区富士見2-13-3
電撃の新文芸編集部

「一分咲先生」係
「藤村ゆかこ先生」係

おっとり〝悪女〟の
契約結婚の行方は――？
フロース
コミックにて
大好評
連載中！
https://comic-walker.com/flos/

——“悪女”として嫁ぐことになりました

——エイヴリル
お前《まえ》はコリンナの代《か》わりに嫁《とつ》いでもらう
——妹の身代わりで『好色家の老いぼれ公爵閣下』に嫁ぐよう命じられたエイヴリル。
あなた気持《きも》ち悪《わる》いのよ
辿り着いた嫁ぎ先は辺境ではなく王都に構えられた豪奢なタウンハウスだった。
まぁ…！
ここはいったい何《なん》なのかしら…！
素敵《すてき》な庭園《ていえん》…まるでお城《しろ》だわ

轟斗ソラ
原作／一分咲
キャラクター原案／藤村ゆかこ